U0953302

我这一代东京人

[日]新井一二三 著

上海译文出版社

目录

序

二十岁以前，我从来没想过自己有一天会用中文写作。毕竟，我是十九岁上早稻田大学以后，才以第二外语学起中文。虽然从小非常喜欢写东西，就读大学期间不仅办校园杂志，而且在商业杂志上发表些文章赚点零用钱，但是用外语写作的念头，还是完全没有过。

一九八四年的春天，我平生第一次去香港，为了毕业论文收集资料。未料有人约我为当地月刊供稿，题目是日本一九六〇年代的“全共斗”学运。辛辛苦苦地写好了两千多字的文章，在杂志上真刊登出来的时候，我本人都惊讶了。同年秋天，我出发到中国留学两年，九月初在北京西郊住下来了。那时候的政治环境跟现在全然不一样，台湾、香港媒体的记者是不能正式赴大陆进行采访的。换句话说，大陆的消息对港台媒体和读者而言，具有物以稀为贵的价值。连我这外国留学生在大陆的所见所闻，都能算是新闻。所以，我每次放长假去中国各地旅游的经验，都以游记形式写下来以航空信件寄到香港去。《满洲里去来》《上海的查理》（录于《东京人》）等文章，就是那段时间的作品。

后来，我客居广州、东京、仙台，一九八七年年底以一名东方移民身份，抵达了寒冷的加拿大多伦多市。我在北国度过的六年半时光里，身边始终有男女华人朋友。有些人是从大陆来的，其他人是台湾来的。不过，当时在海外的华人，很多都看香港发行的月刊。所以，我每个月一次从加拿大透过传真机发到香港去的生活散文，其实在周围也有不少读者。《一百个情人》《同性恋父母亲》《一个华人小伙子》（录于《樱花寓言》）等文章，写的是当年我在加拿大的所见所闻。一九九四年，我从寒带加拿大搬到亚热带香港去，一个原因是想亲眼目睹香港回归中国的过程，另一个原因就是想回到中文环境里去生活工作。于是在香港住下来，找到一份中文周刊的特派员工作。天天跟来自中国香港、大陆、台湾及马来西亚、新加坡等地的华人一起做事的经验，可以说是我一辈子值得珍惜的宝物。他们持的护照有美国、加拿大、新西兰、澳洲、英国、德国等，而很多人都告诉我，曾在外地看过我连载于香港月刊的《东西方》系列文章。

在香港，大家都不停地跳槽。本来坐在我对面的两位同事不久就换到报社去工作了。其中一个人，原来的采访主任，约我每星期写一篇文章；《边缘人》专栏就是那样开始的。我自己也在职五个月后辞职，这时候已成为自由撰稿人了。然后，一九九五、一九九六年，我在香港好几份报纸杂志上写专栏。跟着一九九六年夏天发生了保钓风波，对我个人影响挺大。

有一段时间，我停止用中文写作，主要是当时香港的“气候”不对头了。没想到，这时候有人从海峡那边的台湾来电跟我约稿。解严以后的台湾传媒界非常活泼，人人都充满活力，他们为我打开了新的工作领域。一九九六年开始，我的主要活动舞台转到台湾去。一九九七年七月终于看到香港回归中国，我自己也同月回归日本去了。后来约十年，我主要在台湾媒体上发表文章，书也都由台湾大田出版社问世。偶尔帮日本刊物写东西时，我的头衔也是“中文专栏作家”了。

转眼之间进入了二十一世纪。二〇〇五年，我先后收到了两封大陆杂志的约稿信。翌年，文章陆续出现于北京刊物上。我的中文写作生涯，上世纪八〇年代从香港开始，九〇年代转到台湾去，二十一世纪的〇〇年代终于抵达了大陆。真是感慨万分。这期间，一方面有中国政治情况的变化，另一方面也有科技的大进步。八〇年代，用铅笔在原稿纸上写好的文章，以航空信件寄出去；九〇年代，用计算机拟好的稿件，以国际传真发出去；到了〇〇年代，一切沟通都靠网络了。

我在早稻田大学以及赴中国留学时学的中文是横排的简体字。后来为香港和台湾的媒体供稿，我得改用直排繁体字了。然而，我写的早就是日本式汉字和简体字的混合体，即使试图改写繁体字，结果却成为人不是人马不是马的怪东西，编辑无论如何都没法子判读。有一次，我手写日本作家幸田露伴的名字，人家竟误解为幸田露体，让我深深体会到这样子可不行。于是马上改用计算机写稿，给各位编辑省去麻烦。

后来，有一天发现，在计算机上用繁体字写的文章，只按一个键就能够全部换成简体字，我真的感动极了。在我看来，这不仅是科技的进步，而且简直是在台湾海峡上空搭起了桥梁。记得一九八六年，我刚从中国留学结束回到东京的日子里，有个台湾中学生每周来我家学日语。她在我书架上发现大陆出版的鲁迅选集（当年的禁书），好兴奋地带走了两三本，可是过一个星期再来时，很遗憾似的报告说：看不懂。对那年代的台湾年轻人来说，简体字就是看不懂的东西。大概当年的大陆年轻人也一样看不懂繁体字的。

这本书收录的文章大多是在北京发行的《万象》杂志刊出，只有关于上野的两篇文章之前没发表过。跟大陆读者第一次打交道之际，我自我介绍写了《我这一代东京人》，标题和构思都受了行家前辈陈冠中先生作品《我这一代香港人》的启示，我在此表示感谢。希望跟大陆及香港、台湾媒体的合作关系，以后还会越来越密切。

我这一代东京人

日本没有上海之对于北京，
洛杉矶之对于纽约，
从头到尾只有一个东京，
使得这座城市的“概念化”特别严重……

1

我是一九六二年在东京出生的。户口簿上写的出生地点是涩谷区红十字会医院，算是东京较好的医院之一。比我大两岁的哥哥也在同一个地方出生。听说，奶奶当初对儿媳妇的决定颇有意见；毕竟她自己的九个孩子都在家里生下的，何必花这么多钱到医院生小孩？说家里，其实是整天都有很多人来来去去的寿司店后面。母亲属于战后受民主教育长大的一代，绝不肯服从婆婆的命令。多年以后，她还对我诉苦道：“刚怀孕的时候，你奶奶叫助产士来诊察过我。就是跟铺子只隔一张纸门的地方，又没办法锁住，随时会有人拉开门进来。当时，店里雇用了好几个伙计、徒弟，全是年轻小伙子。我怎么受得了他们好奇的眼光？”

看统计，一九五五年在日本呱呱落地的孩子当中，在医院出生的只有百分之十八，到了一九六五年竟增加到百分之八十四：分歧点是一九六〇年，即皇孙德仁亲王出生的一年，从此以后在医院出生的婴儿永远超过百分之五十（直到二十世纪末，才出现一些人批判在医院分娩造成母子之间的心理鸿沟，并主张恢复家庭分娩）。同年，谢国权医生（台南诗人竹轩谢溪秋三男）写的《性生活之智慧》问世，用照片介绍做爱姿势的书轰动全日本，成了总发行量达三百万本的超级畅销书。当时，他就在红十字会医院当产科主任，我是由他接生的。可见母亲多么会赶时髦！奶奶一个人无法挡住时代潮流的势头，最后只好让步。但是，婆媳矛盾日趋激化。我懂事的时候，父母早已从寿司店搬出来，在新宿区神田川边只有一间房的木造平屋，独立经营小家庭了。

我平生第一个记忆是一九六四年十月十日开幕的东京奥运会。虽然当时我才两岁半，但还是对全体社会极其兴奋的气氛留下了相当深刻的印象。父母不知从哪里弄来了一挺用来发出竞赛开始信号声的手枪，成了我和哥哥整个童年时代的头号宝物。东京奥运会是战后日本头一次举办的国际级节目，全国上下齐心祝贺的状况，跟三十多年后长野冬奥时多数人漠不关心的世情截然不一样。为了迎接国外游客，东京、大阪两大城市之间开通了东海道新干线。在东京中心区，则完成了首都高速公路网第一工程。跟日本多数家庭一样，我家也为了观看奥运会直播而买了第一台电视机——黑白的松下牌（Panasonic）。

2

现在很多人都说：在奥运会以前和以后，东京的景观彻底改变了。如今回顾“美好昨日”的文章，一般也就讲到奥运会前夕，六〇年左右的日子，例如漫画改编的走红电影《ALWAYS 三丁目的夕阳》。他们传达出：直到五〇年代末，东京市内还处处看得见近代化以前的生活小景，如：水井、洗澡盆、蚊香、风铃、煤炭炉、和服、榻榻米。但是，奥运会一来，古老的一切都走了。我小时候，家里每年增添新的电器、生活用品，如：电话、双门冰箱、彩电、热水器、空调、立体声音响组合、微波炉。关起门来开冷气，在榻榻米上铺化纤地毯，放西式家具，穿着牛仔裤看美国连续剧，或听英国摇滚乐，大家都觉得很先进、好酷，却甚少有人介意传统文化和街坊生活同时遭破坏。战后日本人的生活目的是赶快富起来过跟美国人一样的日子；祖先留下的一切反而显得陈旧落后。之前严禁孩子们站着吃东西的父母，后来鼓励我们边走路边嚼口香糖甚至吞下汉堡包；因为整个社会认为学美国人就不会错。

经济高度成长的时代，差不多每个家庭的收入都直线提高；不是一部分人发财，而是大家一同富起来的。失业率几乎等于零，大企业的终身雇佣制给上班族保证了一辈子的铁饭碗。毫无疑问地相信明天一定会更美好，社会风气相当好。我小时候，父亲一个人开办的印刷厂，没几年工夫就雇请很多员工了。对曾经贫穷的日本有记忆的，我们可以说是最后一代。一九六八年出生的妹妹没有经历过每年购买一种新电器那样的生活。她懂事的时候，家里已经有录像机，或者说，连续剧中的美国家庭拥有的一切，我们家也全有了。

以奥运会为标志的近代化，不仅改变了市井生活，而且对整座城市的基本理念带来了根本性的调整。比如说，为了赶上奥运会开幕而匆匆完成的首都高速公路网，就建设在旧水路上。东京的前身江户曾是能跟苏州、威尼斯相比的美丽水城，市内交通以水上航线为主，市民生活无论是交易还是娱乐都跟水路有很密切的关系。看江户时代的浮世绘，很多都画着水景。然而，一八六八年的明治维新以后，铁路、公路运输代替了水路的重要性，在市内四通八达的运河被放弃不用了。上世纪六〇年代初，奉命设计高速公路的一批工程师们，发现有现成的交通网沦落为恶臭冲鼻的脏水沟，毫不犹豫地决定填平起来了。他们万万没有想到，这江户城的遗产其实对居民生活起着非常重要的作用，即确保东京湾刮来的海风能由此通过。谁料到，四十年以后温室效应成为全球性燃眉大问题时，东京的气温上升幅度比全球平均高出两倍，简直呈现热带化趋势，除非恢复绿地和水面，每年中暑丧命的人数只会直线增加！

当然，不能把所有责任都推到工程师们的身上去。当年，高速公路上汽车疾驰的情景是进步与未来的象征，在科学漫画家手冢治虫的作品中也常出现。人们只挂念经济发展、环保意识尚未兴起的时期，东京的各条水路确实肮脏至极。我童年时代听父亲说，他小时候（一九四〇年左右）曾在新宿区和中野区之间的神田川游泳抓过鳗鱼，当时觉得难以置信，因为我认识的神田川是发出恶臭、到处是废物的浑水坑。每年购买新电器的居民往往把旧货干脆推下河去。政府清洁部门开始回收大型弃物是后来的事情。到了二十世纪末，市议会才通过景观条例企图恢复水边生态。如今神田川的水质已经有明显改善，周遭更修成了挺舒适的散步道，似乎回到了我未曾见过的一九四〇年左右。难道我的孩提时代是日本社会的一场噩梦？

3

一九六八年，我上小学。那年，日本的国民总产值到了世界第三名的水平，同时国内各地纷纷发生公害案件，经济高度成长的负面效应逐渐明显起来了。大学生共鸣全世界政治潮流，“全共斗”学运达到高峰，学运分子与警察机动部队在东京大学安田礼堂展开了两天的激烈斗争，最后三百七十五名学生遭逮捕。参加示威的人大喊的政治口号“反对安保（反对日美安全保障条约）”，连我们小孩子也耳熟能详。虽然社会上有种种矛盾，但是总体来说，大家对未来还很乐观。那年另一个流行语是“昭和元禄”。江户时代元禄年间是社会稳定、经济发达、消费生活烂熟的高峰期。战后二十多年的日本人自我感觉非常好，竟想起元禄年间的繁荣来了。街上走的年轻人，不分男女都留着长头发，穿喇叭裤和高跟鞋，弹吉他唱反战歌，也就是日本版嬉皮。

两年以后，国际文坛上颇有名气的小说家三岛由纪夫，带领私家小军队冲入自卫队基地，呼喊起义而失败，最后自行切腹并由徒弟砍掉脑袋的血腥案件发生了。他享年四十五岁。那是我有明确印象的第一宗社会案件。有些报纸竟刊登了跟身体全然隔离的三岛头部照片。周围的大人包括父母和学校老师好像都不知道该怎样解释给孩子听，结果保持沉默了。我当时根本不懂是怎么回事，只是非常惊愕，觉得特别可怕，不安至极。长大以后看各种评论才慢慢开始理解其所以然。总之，三岛看不惯战后日本的美国化肤浅风气；他认为这样子对不起战争中为国家牺牲的英灵，非得纠正政治方向不可。但是，像他那样的极右派政治思想在一九七〇年的日本完全得不到支持。社会上一般认为三岛之死基本上是一种文学理念或者艺术审美观的表现，或者是与众不同的性爱趋向所致的越轨行为。毕竟他的同性恋倾向是公开的秘密；文章里又多次提到过切腹场面使他兴奋。（二〇〇五年，诺贝尔文学奖作家大江健三郎在长篇作品《告别了，我的书》里探讨：如果三岛多活了十年或三十年，会否拥有较大的影响力？结论是否定的。）

那年夏天，日本全国为大阪博览会（EXPO70）沸腾过一回。“你们好，你们好，从世界各国来的朋友们！你们好，你们好，到樱花国来的宾客们！”流行歌手三波春夫开朗做作的歌声弥漫着东京的大街小道，社会风气确实肤浅得可以。当时，我家已经有了弟弟和妹妹，母亲肚子里还有一个，即是年底将要出生的老五小弟。父母决定暑假举家去大阪看博览会，但是开支要尽量节约。坐新干线太贵，于是父亲开来回一千多公里的私家车去；小轿车后面的位子挤满了四个孩子，困了就得重叠地睡觉。住旅馆太贵，于是托亲戚订了资生堂化妆品公司的招待所；但是一个在滋贺县琵琶湖边，另一个在神户六甲山顶，都离大阪相当远。酷热的夏天在人山人海的博览会场，到底看见了什么，老实说我不太记得。美国馆展出宇宙飞船太阳神号从月亮带回来的石头，吸引最多人潮，但是得排队好几个小时才能进去，我们好像没有看到。模糊地记得我跟家人分开，单独进去了一个东欧国家的展览馆，似乎是匈牙利的。我买票吃了一种当地食品：上面撒着酸酸的白色酱，不太合口味，但是非常特别，而且是不折不扣的异国风味。当时，有个电视知识比赛节目送给冠军的奖品是去夏威夷的团体旅行券。我周围还没有人战后去过海外旅游；有个同学因父亲调职而搬去德国，教我们羡慕至极。而在博览会场尝到的欧洲小吃，更让我长年忘不了。

4

一九七二年六月国会议员田中角荣发表《日本列岛改造论》，七月被选上首相。他主张：日本各地建设高速公路和新干线网络才是拉近城乡差距、解决公害的好方法。农民出身，只有小学毕业，外号叫推土机的土木公司老板成为国家领袖，一时轰动了日本全国，好比他体现了社会的民主化、公平化。媒体纷纷报导田中刻苦奋斗的经历，连儿童出版社都推出了新首相的半生记。我记得从学校图书馆借来看，被班主任嘲笑了。他是左派员工会的成员，一贯批判自民党政权的。田中角荣是名副其实的推土机，行动能力特别强，上台后两个月就飞往北京会见周恩来和毛泽东，迅速完成了两国建交的大事业。跟矮个田中比较，中国领导人显得特别高大有风度；忽然间，日本社会掀起了中国热。我印象最深刻的是那年十月到东京来的一对大熊猫兰兰和康康。我跟一批同学们一起去上野动物园，隔着玻璃窗看了爱吃竹叶的中国大熊猫。当时它们在日本的名气非常大，大概仅次于推土机首相本人。全国每个玩具店都推销布做的大熊猫，服装店则出售大熊猫花样的衣服，至于儿童用品，从笔记本到牛奶杯全都印有兰兰和康康了。

日本跟中国建交，同时意味着跟台湾断交。我当时知道的台湾人，只有欧阳菲菲一个人。她出现于电视节目中，唱《下雨的御堂筋》等流行歌曲，主持人问她："和你的祖国以后来往不方便了，有什么感想？"年轻歌星只是很不以为意地歪头微笑了。

一九七三年，我小学六年级时，中东战争爆发，石油危机发生了。记得有一天，卫生纸卷开始从超市商品架上消失，有风闻说是石油价格急升的缘故。大家半信半疑，但是没有了卫生纸卷怎么了得，于是每家主妇都争先恐后地去抢购，没半天就真的卖光了。当时六十多岁的姥姥煞无其事地说："没有了卫生纸卷就可以用新闻纸吧。"但是，我们这一代的东京小孩是从小用冲水马桶长大的，从来没有用硬硬的新闻纸来擦过屁股（其实，下水道普及的只有市中心而已。姥姥住在东京东部葛饰区，直到一九八六年她去世时，厕所里一直有个大黑洞）。很快，卫生纸卷重新出现，但是比从前贵多了。

莫名其妙的卫生纸事件预见了将要来临的大变化。第二年，日本经济创下了战后头一次的"负成长"纪录。从一九五六年起维持了十多年的高度经济成长到此结束。我家经济就此也有起有落了。

还清楚地记得，最后坠落降临前，有一段时间饭桌上的情景特别豪华，又不是过年过节还天天摆着烤鸡腿什么的，教我预感到不祥了。果然，初中二年级某一天，父亲的公司倒闭。听母亲说是买了太多太贵的印刷机，父亲则认为上了坏律师的当；他要我长大以后学法律，替他跟不公平的社会算个账。父母卖掉所有设备，解雇全部员工，把住家客厅改造成办公室，开始经营小出版社。幸亏，早几年经济还好的时候，买过一栋旧房子，虽然破旧但是有五房二厅，我们至少没有失去窝。当年日本有个规则：经济越不好书卖得越好（社会进入后现代阶段后，则不适用了），何况父母卖的是算盘、簿记学、会计学等的习题集，找工作的人很多都要买的。父母年纪还轻，起死回生得相当快，但是那几年里，我第一次尝到了生活水平下降的滋味。来帮忙的姥姥发现，晚饭吃的咖喱汁不含肉；我们小孩子早已司空见惯，只要整个锅里有几片，就算是有肉了，即使没分到自己的盘子上来也不会埋怨。父母拼命工作，拼命存钱，四年以后重新办起印刷厂了。同时改建住房——是母亲出的主意。她不要丈夫把所有的钱都拿去花在事业上。几年不停地挺身奋斗的结果，母亲得了胃溃疡。我高中三年级那年，她割掉了三分之二的胃，为了手术住院长达一整月。比我大两岁的哥哥高中毕业后，只上了半年的职业训练班，便开始帮父母工作。果然是当时的家计情况教他放弃了升学的念头。

5

我小学、初中都是念家附近的公立学校，高中则考进了国立名校：东京教育大学（现筑波大学）附属高中。同学们的父母亲几乎清一色是大学毕业生，其中不乏医生等社会地位很高的人士，不禁令我心中感到很委屈。

我父母都没上过大学，高中毕业就在社会上做事。父亲在爷爷创办的寿司店当厨师，白天有空时还做皮鞋卖过；母亲则当美容师。一九四五年日本战败时，他们都还是十岁和八岁的小孩，当时在政府命令下离开家人跟老师同学们一起在外地农村过着避难生活。回到了东京，不仅自家的房子，连带整个地区都在美军空袭中化为灰烬。父母亲告诉我：在废墟般的东京成长的一代，先得考虑如何吃饱穿暖，即使想读书也根本没有条件。但是，我上了国立名校就发现，其实跟他们同代的日本人当中也有不少人读过大学的。说实在，只有小学毕业学历，搞土木的田中角荣当首相能轰动全国，就是其他领导人全有大学文凭的缘故。看看在他前后掌权的佐藤荣作、大平正芳、三木武夫、中曾根康弘等政治家，没有一个是例外的。推土机首相的好日子没有维持很久，上台的两年后发生的金钱丑闻迫他辞职，我还没上高中之前的一九七六年，他因贪污罪遭逮捕了。

七〇年代的日本有个流行语叫“一亿总中流”。中央政府每年施行的舆论调查中，被问及“你家经济状态属于上层、中上、中中、中下，还是下层？”回答说“中上、中中，或中下”的比率，一九五八年有百分之七十二，到了一九七三年则超过了百分之九十。这十五年里，国民平均收入上升幅度为二点八倍，绝大多数日本人的生活确实改善了。同时，随着都市化的进展，过去很明显的白领 / 蓝领区别不再容易看得出来了：穿着西装系领带、开着私家车上班的公司职工，到了职场就换穿工作服而从事生产线劳动，没人觉得奇怪了。结果，很多其实属于蓝领——工人阶级的日本人，一厢情愿地把自己划为“中层”；我们家也不例外。父亲虽然中学毕业，但是白手起家做了小公司老板，虽然有起有落，从不穷到挨饿穿不暖的田地，所以自我感觉还不坏呢。谁敢说我们家属于下层？

然而，在高中同学们面前，我的自尊心受了严重的创伤。母亲受的打击好像比我还厉害；陪我参加入学典礼后，她再也不肯来我学校了。主要不是人家有钱，而是文化根基之厚压倒了我们。比如说，我父母没有阅读的习惯，至多看报纸翻杂志而已，当然没什么藏书可说；同学们家里倒有高达天花板的书架，架上装满的东西名著是家庭成员之间聊家常时候的话题。又比如说，我父母喜欢跟着爵士乐跳舞，哥哥则玩吉他、搞摇滚乐，在亲戚朋友当中，我们家算是有文化的；名校的同学们却是从小听古典名曲长大的，个个都会弹钢琴、拉小提琴，或者日本三弦。放学以后的课外活动项目中，竟然有交响乐团、歌剧团。我当时连一次古典音乐会都没有去过，更何况歌剧演出，听到从附小上来的名媛们哼着意大利语歌曲，受到了极其深刻的阶级震撼。要参加体育社团吧，骑马、帆船等专门属于上流社会的项目可不少，教我只好从远处向往而不敢插手。我十五岁就发现了日本社会的establishment，也意识到难以跨越的阶级鸿沟。到底是从哪里来的区别？恐怕至少追溯到三代以前；人家的祖先不是武士就是富农，我祖先则是吃不到干饭的贫农。

日本所谓的名门中学，主要意味着升学成绩好，具体来说考上东京大学的人数多。同时，越是程度高、难考进的学校，越有标榜自由主义的趋势。学校当局对学生的管理相当松弛；没有制服，没什么校规，跟其他学校比较，自由多了。我们是高中生，但是所受到的待遇基本上跟大学生没有分别，一点都不拘束地泡咖啡厅，也去酒吧，尽情享受名门生的特权。同班男同学们，一来出身不错，二来书念得也不差，即使没考进东大也都上了好大学。几年以后毕业找工作时，他们的职业选择颇为保守。除了继承家业做医生的少爷们以外，很多要么做高级官僚，或者加入三井、三菱、住友等大财阀旗下的银行、商社、制造业公司。女同学的选择当时还很有限；成绩最好的人都做了医生，其次则做了学者，任职于普通企业的人一般很快就碰到了“玻璃花板”，即使没有被迫辞职，也不能担任重要职务。等到一九八五年，即我们多数人本科毕业后的第二年，男女雇佣平等法才施行，法律上保证两性就业机会该平等。但是，法律归法律；实际上直到今天，日本是全世界女性社会地位最低的国家之一。

6

一九八一年，我上了私立早稻田大学政治经济学系。该系一年级共一千一百名学生当中，女学生只有七十多人，所占比率才百分之七，而且连一个女教授都没有。果然，政经系校舍内没有女厕所，要解手一定得到院子里后来添盖的小屋子去，不方便极了。

我选择的第二外语是当年算冷门的汉语，结果两班同学共一百名里，竟然仅有我一个女学生（也就是百分之一）。九〇年代以后，学汉语的日本人大幅度增加，除了英语以外，这些年最多人学的外语就是中国话了。如今在早大政经系也有半数以上学生选修汉语。但是，八〇年代初，日中经济交流还不太紧密，刚建交时期的中国热稍退了之后，只有少数人在学汉语。作为唯一的女学生，我在汉语课堂上无法避开老师的视线，非得努力学习不可了。好在我对这一门课，从一开始就特别喜欢。

当年我们系的汉语主任是著名的音韵学者藤堂明保老师；他是日本中国语文学界的泰斗，本来做东京大学教授，却在一九六八年的学生运动中支持学生造反而辞职，转到早大来当客座教授。后来回想，我深深感觉到，由藤堂老师亲自教一年级学生汉语是老天爷给我送来的人生礼物。记得第一次上课时，他在桌子上放下SONY牌录音机，一按键就传出来充满异国情调的中国音乐，前奏完毕后，女高音开始唱："北风那个吹……"（后来我得知那是"文革"时期江青审定的八个样板戏之一《白毛女》的主题歌。）接着，全体学生跟着老师练习四声："妈、麻、马、骂。"那瞬间，好像一股电力通过了我整个人，被雷劈了一般，从头到脚全身发抖。汉语美丽极了！不仅听起来特别悦耳，而且说起来非常舒服，说一句话就像唱一段歌。说我对中国话是一见钟情，一点儿也不夸张。藤堂老师看见我的表情，马上建议说："你真要学好，光在大学每星期上两堂课是完全不够的。去日中学院吧。上傍晚的课，每个星期三次，学费很便宜，而且我当院长。"

我选修汉语，主要出于对远处的向往。在早大的入学申请书上填写"第二外语选择"时，在"德、法、西、俄、中"共五种语言当中，对我最有"异国魅力"的就是中文。自从在大阪博览会场尝到了东欧风味以后，我一直是憧憬国外文化的。小时候，接触到外国文化的机会少之又少；偶尔被父母带去横滨中华街吃饭，我都兴奋至极。热闹的大街小巷边，挤满着大餐厅小饭馆，大红大绿的招牌就是跟日本食肆的素淡颜色不一样，而且门前挂有全鸡全鸭之类，有的更是压扁过的。哇，多么特别！可以说，横滨中华街是一九六〇、七〇年代的东京小孩唯一能踏足的外国领域。进入了青春时期，别人大多热中于英美文化，我却始终被稍微不一般的地方所吸引。十三岁，自己看书学过一点西班牙语；十四岁，集中看了日本作家五木宽之以东欧、苏联为背景的小说。十六岁，在高中上了两年的德语课，但被复杂的语法吓坏，也嫌语音不悦耳。当年，“汉文”还是日本高中生必修课之一；把古汉语用古日语念下来，很难懂。但是，我们满喜欢听老师讲有关古代中国文人的种种轶事，比方说，爱酒如命的大诗人李白，因晚上坐船捕捉水面上的月亮而不幸溺死等。

此外，“国语”课本收录的鲁迅作品《故乡》（竹内好译），对我们影响也相当大，几乎每一个同学都能背诵最后两行，登场人物闰土又亲切得犹如住在远处的老朋友。对我来说，中国文化一方面并不陌生，另一方面却由于政治上的距离与社会体制之不同而觉得非常遥远。两个互相矛盾的因素加起来就造成了很强烈的“异国魅力”。

7

高中、大学时期，我经常因没赶上“火红年代”而感到遗憾。七〇年代末、八〇年代初的日本学生，早已失去了对政治的兴趣，连文学都开始受冷落，大家各管各的后现代风气正在形成气候。大学校园和平安静却充满着颓废的享乐主义。只有少数男同学认真上课，其他人则从大白天起忙于打麻将，到了晚上就带女校学生去迪斯科舞厅。她们打扮得跟最新一期的时装杂志《JJ》一模一样，有时像冲浪族，有时像美国常春藤大学女生，始终没有个性可言。因为政经系里的男女学生人数过分不平衡，我在大学总觉得不自在。加上，早大学生多数来自外地，没见过世面，不懂得都会生活，和我那些潇洒成性的高中同学们比较，真是土得要命，羞死人了。

由于对早大环境的疏远感，我一方面去参加跨大学的文化活动，另一方面又相当积极地上日中学院的课了。那里有不同年龄的学生们，小的跟我一样岁数，大的则跟我父母差不多，平均年龄三十出头。有些人为了专业、工作的需要而来学中文，更多人纯粹出于个人兴趣。他们的学习态度比我在大学的同学们认真得不知多少倍。其中不乏当时三十多岁，曾经历过“火红年代”的一代人。他们普遍崇拜毛泽东的新中国，有的在“文革”时期身为日本学生代表团成员坐船去中国参加过交流活动。我开始学汉语时，中国早已进入了改革开放阶段，但是在一衣带水对岸的中国话学校，清一色的日本学生还在和声歌颂毛泽东的革命歌曲《不落的红太阳》。还有高年级同学们在联欢会上唱的一首歌，给我留下非常深刻的印象，至今都忘不了，那竟然是打日本鬼子的《游击队之歌》！

我的大学时代正巧是东京学这一门学问兴起的时候。文学评论家矶田光一写的《作为思想的东京》已在一九七八年问世。他在文中指出：东京不是一个地方，而是概念，是有作为的年轻人从全国各地要“上”来的“中心”。就像田中角荣小学一毕业就离开冬天下大雪的农村而到东京，从土木工人起一步一步爬上社会梯子，最后做了国家首相一样，很多日本人都把东京当作拼搏一番的舞台。土生土长的东京人始终是少数，多数是从外地来奋斗的新居民；他们对这座城市的感情自然不深，主要想好好利用她。这是经过明治维新，江户城改名为东京市时就开始的现象；连天皇家都是那时候从京都搬过来的异乡人。战后复兴期，日本的政治、经济、文化活动都越来越集中于东京；相对而言，大阪、名古屋等其他城市的地位低落了许多。日本没有上海之对于北京，洛杉矶之对于纽约，从头到尾只有一个东京，使得这座城市的“概念化”特别严重。

这样想来，我在故乡东京感到异化，也许可以说是理所当然的事情。老东京作家谷崎润一郎早在一九三四年发表的散文《思东京》里慨叹过他曾经优美的故乡被乡下武士糟蹋到底了；半世纪以后，我在早大教室被外地出身的同学们包围时的感觉也有所类似。外地人可以“上”来东京，我身为东京人，却得另找个方向，就像谷崎润一郎中年以后迁居京都、神户等地，沉浸在关西地区的精致传统文化中。从高中一年级起，每逢假期我都一个人坐长途火车到各地旅行；美丽的小城市可多了，如京都、金泽、弘前、仙台、松江。但是，只要从东京往日本国内的其他地方去，那移动一定是“下”去的；作为胸怀大志的年轻人，会想要“上”去，或者找另一个坐标轴。

一九八二年，大学二年级的夏天，我平生第一次办护照，有史以来第一次坐飞机，第一次从上空看见的万家灯火是“上海”。我赴北京参加华侨补习学校为外国人举办的暑期汉语进修班。中国民航班机入夜后才离开了成田机场，飞越东海后向北，这是当时中国跟韩国还没有邦交，中国班机不能飞行韩国上空的缘故。我们乘坐的飞机于北京首都机场落地时，周围已是一片漆黑。坐了一个多小时的巴士，忽然看见了天安门上亮堂堂的毛泽东肖像。长安街上几乎看不到其他汽车的影子，深夜在暗淡的路灯下，竟有些年轻人在踢足球。古老的北京城就像鲁迅所描述，也像我在东京看过的影片《城南旧事》《骆驼祥子》一般。那年夏天，我终于发现了地球上日本以外的地方；北京对我成了世界的入口。

8

一九八三年，东京迪斯尼乐园隆重开幕了；不仅小朋友，连大人都争先恐后地去享受美式娱乐。大学生也不例外，男女双双约会去，有些人更购买年票经常去。我自己却怎么也兴奋不起来；一方面，始终不太欣赏美国的通俗文化，另一方面，有东京人的宝贵记忆。迪斯尼乐园所在地东京湾北岸，曾经是我小时候每年春天全家一起去找蛤子的浅滩。一手拿着小锹子，一手拿着塑料桶，在潮湿的沙滩上蹲下来挖洞，发现小小的贝壳儿在喷出盐水，是多么令小孩子惊喜的经验！而且每次都一定是特别丰收，塞满了好几个塑料桶的蛤子不容易吃完，还送给邻居朋友，场面真热闹、愉快。跟美国公司携手的投资商，把那浅滩填平起来建设了彻头彻尾美国式的主题公园，甚至禁止游客带饭团（即传统日本食品）进场，依我看来岂有此理。

二十一岁的我对周遭现实感到疏远，宁愿被鲁迅、老舍、巴金等中国作家带到另一个世界去。独自坐在白天都昏黑的咖啡馆里头，一个词儿、一个词儿地查着词典看五四小说，我的心脏不由得噗通噗通跳起来。当初搞不明白是怎么回事，后来忽而想通：这难道不是恋情？

那年年底，我第一次在家以外的地方迎接新年——上海宾馆顶楼的迪斯科舞厅。回东京后，我马上申请去中国的公费留学，幸亏顺利地通过了选拔考试，出发日期定为一九八四年八月底。出发之前，我先到香港和台北旅游一下。当时竟有人替我担心，护照上有了“中华民国”的出入境记录，北京官员会不会有意见？（实际上没这回事。）台湾给我的印象和中国完全不一样；当年的台北街头很像日本小镇，杂货店门前有卖紫菜卷、豆皮包等寿司。我在香港湾仔的天地图书买到皇冠出版的《张爱玲小说集》，发现了汉语文学的一个高峰，尤其是其中一篇《心经》成了我青春时期最爱看的作品之一。

我到了中国以后，第一年在北京外语学院汉语进修班，第二年则在广州中山大学历史系上课；每次放假都背上背包跑去神州各地：从沿海地区到四川、云南、东北、内蒙、新疆、青海、西藏、海南岛，越远的地方越值得去。我对中国大陆的理解主要来自当年天南地北的自由旅行，对中文的掌握则来自旅途上跟各地老百姓的交谈，真得感谢中国教育部每月两百七十块人民币的奖学金了。

一离开家乡就不大想回去，想多看世界，恐怕是很多人年轻时候的经验。为期两年的留学生活结束后，我毕业回国当了记者，可是老梦想着海外，不久就提辞呈，订了往加拿大的飞机票。根本没预料到，这一趟会是从多伦多到香港长达十年的大漂流。

9

永远改变了日本社会文化的泡沫经济，是一九八五年由纽约广场饭店的国际金融协议开始的。之前，一美元换两百四十日圆，广场协议之后，则换一百二十日圆了。日圆的购买力一夜之间翻了一番，很多人赶紧跑到国外去抢买名牌皮包，回到国内炒股炒地了。本来节约勤劳的日本民族，忽而全变成了投资家、投机家。我偶尔从国外回东京探亲，不管是家人还是朋友，大家异口同声地谈着股票、外汇、房价、银行、利率等。股票和地价都越炒越热，东京旧市区的土地总价格竟等同于全美国了。在新宿等闹区，几乎每个行人都穿着名牌服装、名牌鞋子，花大笔钱喝最高级的红酒、白兰地到酩酊大醉，然后不怕车费多贵都一定要坐出租车回郊区的住家去。那几年的日本，简直开着没完没了的嘉年华会，或者说是天天过年、晚晚过节的全民性疯狂。

经济过热的副作用很快就明显了。本来一点不值钱的小块土地，在短短几年内升了几倍，竟值几百万美元了；这么一来，传统的长子单独继承制行不通了，因为小弟弟小妹妹都要分到一杯羹。我爷爷、奶奶留下的寿司店，成了父亲兄弟姐妹八个人互相打官司争夺的对象；姥姥留下的小公寓也成了母亲三姐妹互相打官司争夺的对象。官司总有一天要打完，但是骨肉之间的感情，在彻底决裂以后，再也没有办法修复的。于是，我结束十余年的海外生活回国时，父母双方亲戚之间的来往差不多都断绝了。可悲的是，我家并不是例外，很多东京人的家庭都是在八〇年代末的几年里解体的。

同时，传统习俗也在那几年内消失了。比如说，元旦曾是全家老小团聚的日子：一月一日早晨大家一起去附近的神社拜年，然后回家吃年饭，小孩子收到压岁钱，并用“双六”“福笑”“羽子板”等只有新年才看到的玩具玩耍；二日则去姥姥家吃吉祥食物、年糕，再一次领到压岁钱。可是，泡沫以后，那些习惯一去就不回了。父母开始每年都参加旅行团到国外过年去，为了休息，也为了省事。果然，合理化、计算化思考压倒了古来的生活文化。

泡沫经济只维持了五年左右，一九八九年达高峰，一九九〇年就破裂。看最后决算，虽然有些人在炒买炒卖中发了大财，但也有不少人高利率借来的钱没来得及还清，结果破产或背上重债了。本来经营寿司店的我四叔，就是在投机游戏中抽中大王吃大亏，最后失踪了。

此间媒体把二十世纪九〇年代称作“失落的十年”。在广大世界，一九八九年冷战结束，开始了国际政治经济秩序以及价值观念的大调整；然而，当时的日本人还在泡沫经济中集体跳着疯狂舞；第二年，泡沫破裂以后则茫然若失好几年，没有及时去应对在外面发生的重大变化。结果，国民经济长期停留在低迷状态。

九〇年代末，一些评论家开始用“第二次战败”一词；美国、中国等国家的经济很活跃，相对而言，日本的国际地位下降得厉害，有必要重新复兴了。几乎同时普及的“全球化”一词实际上意味着“美国化”，让日本人更加感到失意。各大企业进行裁员，一些银行差不多倒闭而被国有化，客观情况非常严重。但是，很多人还忘不了八〇年代的陶醉感，只要自己的银行户头里还有点储蓄，不想认真去考虑国家财政面临了多么大的危机。

我对泡沫时期的社会风气非常反感，当初以为经济冷却一阵会是好事情——若迫使大家冷静下来重新过朴素踏实生活的话。可是，后来的发展却不如我所愿。进入了二十一世纪，世界受了“九·一一”的大冲击，日本则在小泉纯一郎首相领导下越走越非理性化了。社会上，泛滥于各媒体的流行语是“赢组 vs 输组”。在新的经济环境里，不是大家一起过朴素踏实的生活，也不是全民协力复兴国家，而是两极分化日趋悬殊，不属于“赢组”就属于“输组”的弱肉强食时代已经开始了。日本人不可能再做“一亿总中流”的美梦，即使只是梦；二〇〇五年的一本畅销书就叫做《下流社会》，消费市场分析家三浦展在文中预测，今后的日本社会，人口的百分之十五属于上层，百分之四十五属于中层，百分之四十属于下层，而越年轻的一代越有可能从中层滑到下层去。

10

二〇〇四年秋天，我参加了高中毕业二十五周年的校友会，甚有三十年河东三十年河西之感。上层阶级出身，名门大学毕业，任职于第一流公司的同学们，几乎无例外地对自己的未来感到悲观。有一个人，东京大学经济学系毕业后加入了大银行，在当时看来是保证高收入的稳定选择。谁料到，十多年以后，一些大银行消灭，一些互相合并，一些竟被外资收买。他很尴尬地报告近况说："我已经在第三家公司，替外资银行做事了。"但是在座的人听了那家银行的名字都很陌生，让人家更加尴尬。他是很典型的例子。在其他公司工作的朋友们，处境也好不到哪里去。对自己的职业最满意的似乎是东大法律系毕业后任职于大藏省（现财务省）的一个同学。最保守的选择，获利最多；这是低成长社会的悲哀。不过，从另外一个角度来看，大多同学们今天失意的原因，就是他们一贯太保守了。那段时期常在经济新闻上曝光的市场强人，如Livedoor（网络金融业者，中译"活力门"）的堀江贵文、乐天公司（网上购物中心）的三木谷浩史、村上基金的村上世彰，虽然都是东京大学、一桥大学等名门的校友，而且三木谷和村上两人也分别在日本兴业银行和政府通产省做过事，但是都中途离开了既定的人生道路，而投入于网络等新兴产业。我们这一届已超过了日本人的平均寿命年龄；那么，市场强人多数比我们小（三木谷一九六五年生，堀江则一九七二年生）也不足为怪。非得指出的是，在这些市场强人当中，没有一个是东京人；他们要么在关西或者在九州岛长大，十八岁单枪匹马“上”来东京，气势劲头之大就是东京少爷们学也学不到的。谷崎润一郎在《思东京》一文中，把自己家人骂为“败北的江户儿”；他们有都会人的潇洒，但是缺乏奋斗的力气，于是在社会大转变的时刻，总是跟不上潮流，必定沦为败者。从前的江户儿是，二十一世纪初的东京人也是。

堀江、三木谷、村上，三位强人的办公室都设在东京西南部，六本木Hills森塔里。二〇〇三年完成的五十四层综合大楼是“赢组”公司的根据地，老板们又集中住在邻近的住宅塔。用大众媒体的说法，“Hills族”是“赢组”中的“赢组”。

二次大战后的六本木，因为曾经有美军基地，附近出没的洋人挺多，所以西式食肆、酒吧等夜生活场所特别繁荣；东京第一家汉堡店、披萨店都开在六本木（于是日本人习惯性地把香港兰桂坊形容为当地六本木）。高中时候的我，有一次被富裕女同学带去白人顾客占半的高级俱乐部，在充满异国情调的薄荷色灯光下目眩过。八〇年代，六本木的迪斯科倒成了人人皆去的大众消费胜地；在泡沫经济时期，其热闹庸俗的程度，称得上是大人的迪斯尼乐园了。后来，一时沦落为满街都是东欧妓女的低级红灯区。谁料到，进入了二十一世纪，六本木竟会起死回生为东京的新经济中心。

新世代经济强人的好日子没有维持多久。二〇〇五年初，堀江贵文和村上世彰两人均涉及违反证券交易法案件而前后被捕。不少人认为他们是出了风头挨打的鸟。大概是吧。不过，更年轻，属于所谓“七六世代”（乃一九七六年出生）的企业家也纷纷出来在六本木设办公室，开拓Web2.0时代的新市场。最近的同学会上，那个银行家向大家报告近况说，他已经以外资机构专业人士的资格，被拉拢到日本一家银行去了。坐在我旁边的同学小声说：“他现在跟我是同事了，年薪大概有我的一倍呢。”果然，人间万事好比塞翁失马；最终的胜负不要太早下定论。

我回国定居后，这些年一直住在东京西郊，离六本木一个多小时的地方。但是，心理上的距离则远多了。反之，最近的我更被不久将要消灭的东西吸引，可以说是着迷于夕阳之美的。是我年纪大了？还是属于“输组”了？不能否定的一点是：我也有根深蒂固，很难甩掉的“败北的江户儿”属性。

银座，总是走在东京前端

我喜欢从一丁目开始，慢慢往南走。
先在燕子 GRILL 尝尝全东京最好吃的汉堡排；
到卖文具的伊东屋看信纸信封或进口笔记本；
走过木村屋时，
谁能不买摆在老式木头盒子里的豆沙面包呢？
还是买一两个站在外边吃吧……

前些时，台湾《费加洛》杂志越洋来东京做专题，编辑问我："如果你在东京有整整一天的自由时间的话，想去哪里做什么？"虽然本人是老东京，现在又定居于斯，但是身为一男一女的母亲，过去好几年都没有过自由时间。所以，人家提的问题，对我来说，纯粹属于假设。尽管如此，作为老东京兼职业写作者，本想给予出人意表的新奇答复。可是，想来想去，我脑海中只浮现出一个很不新奇的地名：银座。若真有整整一天的时间能在银座，那会多么好！

1 有文化气味的商业区

日本人常把王府井比作"北京的银座"，意思是全城最繁荣有气派的地段。过去一百多年，不仅在全东京，而且在全日本，银座一贯是最有地位的繁华区。后来兴起的新闹区如六本木、新宿、涩谷、原宿、台场，从来没凌驾过她头上。全国最昂贵的黄金地段几乎每年都是银座四丁目十字路口。日本人对银座的憧憬程度好厉害；曾在全国各地出现过借用银座这地名的商业区多达几百个（我小时候常被母亲带去买东西的地方就叫做"东中野银座"）。

银座位于日本皇宫东南方，乃南北大约一千一百米的银座大街（中央通）为轴，东西宽度大约六百米的一个地区。

这里是日本近代商业的发祥地，老板们重视信用，主动提供第一流商品和第一流服务的结果，全国最好喝的啤酒和全国最好穿的鞋子都能在这儿找到。形容银座的修饰语，最常听到的是“大人的”和“高级的”；她不曾卖俏给年轻时髦分子。

不仅如此，银座的文化气氛又特别浓厚。曾有一度，银座中心四丁目的十字路口四个角落全有报馆；东京第一家咖啡馆则由著名文人画家出钱开在这儿；二十世纪后半叶的日本文坛，具体的所在地就是银座后街的几家酒吧。现在，画廊仍林立于小巷里；影片公司的试映会多在这里举行；音乐大学生专程来找古典乐谱；穿着丝绸和服的年轻太太们结伴来看歌舞伎；商店老板们办的小杂志《银座百点》已有半个多世纪的历史，编辑水平超过商业刊物，向田邦子等名作家辈出。银座够大够小恰到好处，相当集中而不扩散，马路犹如棋盘格子，门牌编得很好懂，北端是一丁目南端是八丁目，所以特适合于溜达溜达的。这在“狂人做的拼凑手工般”（某西方人语）的东京特别难得。若要从头到尾走银座大街，也用不上半个钟头；银座是不劳累你的。最初是东京湾内独立小岛的缘故，至今南北两边各有一座桥（新桥和京桥），以致保持截然分开于邻近地区的独特气氛。银座真有点岛屿的感觉，或者说像在东京这无边无际的大海里发亮的一颗珍珠。

2 国家的陈列窗

银座的历史跟近代日本一样长。一八七〇年代，在明治维新后不久的新首都东京，日本政府雇请爱尔兰出身的设计师 Thomas James Walters 建设了完全西方式的一条街：中间铺十五米宽的马路，两边则为各六米多的人行道。路旁更盖了左右各一排的两层楼砖头长房子，一层有连环拱廊，乃日本人从来没见过的乔治王朝新古典式建筑，据说模仿了伦敦 Regent Street。人们把这条街叫做银座砖头街。

砖头街的南端有全国第一条铁路的终点站新桥；从开放港口横滨坐火车来首都的西方人，下车以后看到的第一条街就是银座，而且这里离东京市内的外国人居留地筑地也很近。也就是说，银座犹如国家的陈列窗，政府非得修成国际水平不可。一八七二年，跟铁路开通同一年发生的大火灾把银座一带化为灰烬。政府没错过好机会，以建设耐火地区为借口，驱赶原居民而盖起了砖头街。然而，国家的体面和居民的感受是两回事。这里自十七世纪初，即是通往京都重要街道东海道的一部分：有小饭庄、点心铺、荞麦面馆等为旅客服务，也有各行匠人生活着。忽然改建成不符合日本潮湿气候与传统生活方式的洋楼，怎么了得？

东京前身江户的历史可追溯到一六〇三年（相当于中国

的明朝末年），当时统治全日本的德川家康将军在此地开幕府。虽然之前也有人在这里盖过小城堡，但是发展为大城市是德川时代的事情。政权基础一稳定，德川将军马上进行了大规模的土木水利工程。江户城盖在武藏野台地的尖端，东南边面向太平洋江户湾（现东京湾）；下面沼泽中，本来叫做前岛的一带填拓起来，划为工商界平民生活的地区“下町”。海里造出来的陆地，如意大利威尼斯一般，四通八达的运河为最重要的交通路线。银座西边有城壕，东南北三边则有运河，是个去哪儿都要过桥的小岛。城池大手门外的日本桥定为全国街道的基准点。当时从江户通往各地的大街道共有五条；其中通往京都（天皇居住地）的东海道为最重要。离开日本桥后一公里多，过了第一座京桥后进入的地段，一六一二年开设了银币铸造所，就是银座这地名的起源。

两百多年后的十九世纪中，在江户湾忽而出现的美国“黑船”导致德川政权崩溃；经明治维新，天皇从京都搬过来，江户城翻身为国家新首都东京了。

3 文明开化的银座

从一八七二年到一九七七年，花五年完成的银座砖头街，最初受老居民的冷落，开始的几年多为空房。政府要在东京各地推行耐火建筑的计划，也只好放弃了。再说，看到砖头街的外国人也一般表示失望：因为一点都感觉不到东方特色。尽管如此，在马路和人行道分开的大街上，领全国之先启用的八十五个煤气路灯，晚上开得亮晶晶，明显象征着文明开化的新时代。银座的身价一下子提高。思想开放的新世代东京人逐渐开始理解砖头街的商业价值了。

当初在砖头街开张的店铺中，只有少数属于老居民。例如，民俗学者池田弥三郎（著有《日本的幽灵》《我的故乡银座》等）的爷爷池田金太郎开的天麸罗店“天金”，在江户时代是晚上在路边起火卖油炸海鲜蔬菜的摊子，地点在四丁目十字路口东北角，今日三越百货公司门前狮子铜像睥睨天下的地方。砖头街完成后，“天金”在马路对面开大铺子，很快受市民的欢迎，周围每天从一大早就闻得到烧大量麻油的味道（老江户喜欢用麻油炸东西）。“天金”被称为东京头号天麸罗店，后来连附近的电车站都叫做“银座四丁目天金前”了，应该说金太郎老板很有先见之明。不过，邻居中，从外地来东京的新住民占多数。

当时“天金”隔壁有英国人布莱克（John Reddie Black）经营的日文报馆《日新真事志》，乃日本头一份的近代报纸。布莱克曾在横滨办过英文报纸《Japan Gazette》和照片杂志《Far East》，他是一八七三年迁到东京来办日文报纸的。银座离新政府办公楼和外国人居留地都很近，而且砖头洋楼适合设置印刷机。虽然该报不久就停刊，但是日本人开的报社纷纷跟上，银座很快就成为日本报业的故乡了。《日新真事志》的旧址改为《朝野新闻》；二丁目开了《东京日日新闻》（后改名为《每日新闻》）；一丁目则开了《读卖新闻》；《东京曙新闻》搬来四丁目；一九七八年，日本头一家广告公司也开在银座了。

4 银座钟塔

砖头街上开的店铺逐渐多起来，所经销的商品，很多是针对于西方人的实用品，如：眼镜、皮包、帽子、金库、西式家具等。其中，在当时的日本人看来，最具有文明开化的新时代特色，因而成为砖头街象征的，是钟表。

至今说到银座，多数日本人首先想起的，就是位于四丁浮世绘里的朝野新闻社目十字路口西北角的钟塔。在东京拍摄的电影片中也往往出现这钟塔；可以说，它不仅是银座的象征，而且在一定程度上代表东京。这钟塔属于和光，乃钟表商精工舍（SEIKO）之零售部门。一八八一年服部金太郎创业的服部钟表店，九二年开始以精工舍品牌出售自家商品；九四年从《朝野新闻》买下中心区的社址，同时建设了钟塔。

浮世绘里的朝野新闻社

这之前，银座砖头街已经有几座钟塔。最早的一座，好像是一八七六年四月，小林传次郎钟表店在八丁目铺子屋顶上设置的四角钟；同年十二月，京屋钟表店也建设了钟塔。在服部之后，九九年，在八丁目开张的博品馆劝工场（顾客能够自己选商品的新式商场）也以美丽的钟塔出名。十九世纪，在连洋楼都还很少见时候的东京出现的好多钟塔，由当年的人们看来非常摩登，充满西方气氛。

本来规格完全统一的银座砖头街，从另一个角度来说很死板，但是商店老板们加建钟塔或巨大广告牌后，慢慢呈现出活泼的性格来了。

银座街上陆续开张西式商店：如基督教书籍的十字屋（一八七四年创业，后来变成乐器店）、打字机的黑泽商店（一九〇一年创业）、文具的伊东屋（一九〇四年创业）等，其中不少至今还在经营。

在银座砖头街上领先降临的西方文化，逐渐开始影响到广大东京市民的生活了。日本人在衣食住各方面的西方化，几乎全从银座开始的。

5 木村屋和资生堂

如今在东亚各地受欢迎的日式面包，就是这时代从砖头街普及的。木村屋面包店一八六九年创业，是银座历史最长的商店之一。从西方传来的面包跟东方传统的点心相结合而成的豆沙面包，特别符合日本人的口味。上面加了腌樱花的“樱馅包”则献给皇家。后来也推销果酱包等不同种类的新商品，奠定了日式面包将发展的基本方向。木村屋的豆沙包至今在四丁目和光隔壁的门市部非常畅销；有红豆沙、白豆（菜豆）沙、绿豆（豌豆）沙、栗子包等，在这儿都是刚出炉，热腾腾的，像小娃娃的面颊般胖嘟嘟，既好看又好吃，而且价钱很便宜。黄金地段跟平民化面包的搭配非常有趣，也可以说，很有银座特色。

以化妆品闻名世界的资生堂，其起源则是一八八七年在银座创业的日本第一家西式药房。一九〇二年，效法美国的 drug store 而附设的苏打水供应器（soda fountain）轰动一时，好多人特地来喝苏打水，也尝尝当时全东京只有银座两家店出售的冰淇淋。后来，资生堂一方面逐渐扩大化妆品生意，另一方面继续在银座大街上经营食肆。

资生堂 Parlor 在二十世纪上半叶曾为东京最高级的西餐厅之一。设有楼厅的宫廷般华丽建筑内，由交响乐团现场

早期的四丁目服部时计店钟塔

演奏背景音乐，在白桌布上用银制盘碟供应烤牛肉三明治、茄酱鸡肉饭等老派西式料理，即使价钱比一般饭堂贵十倍也很多人要排队去吃。时代小说家池波正太郎终年没忘记十多岁当股票行徒弟时，在资生堂餐厅尝到的美味，直到晚年都在散文里重复地讲到：“真没想到世界上竟然有这么好吃的东西。”

资生堂Parlor至今仍在八丁目抢眼的红色大楼上层营业中，仍保持着非常高级的姿态。消费标准还比其他餐厅贵出两倍。虽然没有了交响乐团；盘碟刀叉还是银制的。我在大学的时候，曾为资生堂的宣传杂志《花椿》撰过稿；每次跟总编辑见面都在那里。即使拣家里最好的衣服穿去，都觉得自己是个贫民女孩，因为周围环境实在绚烂华丽透了。

6 啤酒与咖啡

一八九九年，日本第一家啤酒堂惠比寿Beer Hall开张。惠比寿（YEBISU）是日本财神爷的名字，图像里常用鱼竿钓上有吉祥意味的红色鲷鱼。用其名字和图像的啤酒，发祥于今天的山手线惠比寿火车站附近，自从一八九〇年上市以来一直很受欢迎；后来成了札幌啤酒的高级品牌。当初在银座八丁目的啤酒馆，一九三四年翻身为七丁目宏大的德国式建筑；一楼天花板竟有七米高，柜台后边的墙上嵌着巨大的马赛克，气派非凡。东京少见的巨大啤酒屋二次大战后被美国占领军看中，接管使用到一九五二年日本独立；不过，那是后来的事情了。

啤酒堂诞生以后，英文hall这个单词忽而流行起来；不久，银座各地开了milk hall即牛奶堂，是供应牛奶和面包的简便食堂。江户时代，日本人受佛教影响，一般不吃荤菜也不喝牛奶。明治维新以后，这传统一下子改变，连东京市内都有了好几所牧场。作家芥川龙之介（一八九二年出生）的生父，就是在离银座不远的筑地明石町经营牧场和牛奶公司；因为母亲身体虚弱，龙之介从小喝牛奶长大而一辈子为此羞愧。

十九世纪末到二十世纪初，银座砖头街陆续出现了惠比寿啤酒堂、资生堂Parlor等冷饮店。可是，相当于欧洲咖啡厅，文人学生能聚集而高谈阔论的场所还没有。一九〇五年开业的台湾吃茶店乌龙，老板娘是一名艺伎。她本来属于新桥的花街柳巷；二〇〇四年美国圣路易斯召开世界博览会时，她赴美为日本茶叶合作社做推销活动。回国后，在银座开了充满南国情调的台湾吃茶店，并雇用了七八名倒茶女。

当时刚开始从欧洲回来的第一代日本留学生们非常想念巴黎的咖啡厅。于是一九一一年四月，曾留法的画家松山省三（前进座剧团旦角河原崎国太郎之父亲）出钱在银座八丁目开办了日本头一家欧洲式咖啡厅。这就是Café Printemps，由自由剧场的导演小山内熏起名。

为了确保固定顾客，Café Printemps募集了固定会员，名单中都是艺术界响当当的人物，如：画家黑田清辉、作家森鸥外、永井荷风、谷崎润一郎、诗人北原白秋，以及本来是歌舞伎演员，后来去欧洲接触西洋文化而翻身为话剧演员的市川左团次等。

同年十二月，六丁目后街开张的Café Paulista，是第一批赴巴西的日本移民水野龙，为了替巴西政府向日本市场推销咖啡豆而设置的咖啡馆。广告道：

> 黑如鬼
> 甜如恋
> 热如地狱
> 的咖啡

这家的价钱比Café Printemps便宜；一杯咖啡五分钱，一个甜甜圈五分钱，连大学生都付得起。有十分钱就可以坐在时髦舒服的环境里聊上一两个钟头。私立名校庆应大学所在地三田离银座不远；同学们一下课就走来银座泡Café Paulista，成了当年的流行。

后来的银座，在一定程度上是作为庆应大学的学生区发展过来的。尤其每年春秋，跟死对头早稻田大学的棒球比赛“早庆战”结束后，上万学生结队而来瞎闹，乃多年不变的银座景象。（至于早大学生，则以新宿为根据地。我是早大校友，学生时代常去新宿，却很少踏足于银座。后来跟庆大毕业生结婚，我才开始把银座看作自己的园地了。）

日本咖啡馆的历史就是从Printemps和Paulista两家开始的。Printemps是教授级文人喝着洋酒谈论西方艺术的场所。其中，当时任庆应大学文学系教授的永井荷风为代表人物；他年轻时候在欧美待过很久，回来写《美国物语》《法国物语》等作品；后来根据自己在银座的风流经验而写《梅雨前后》等以酒家女为主人公的小说；也留下了极其仔细的东京街头观察日记《断肠亭日乘》。

相比之下，Paulista的顾客较为年轻，以大学生为主。他们吃着甜品聊聊天。当时对面有时事新报社；把稿件带到报社来的年轻文人也经常顺便进来坐一坐，其中有芥川龙之介、北原白秋等人。最初Paulista二楼设有女宾部；一九一一年创办的日本头一份女性主义文学杂志《青鞜》的编辑部会议经常开在这里。世界语普及会的研究会，则每周在楼下占领十个位子举行。

7 大正摩登时代

今天，银座的一个面貌是高级酒吧集中的地区。当初模仿巴黎咖啡馆的日本café，逐渐开始以美女来吸引顾客了。跟前述两家同年，由西餐厅精养轩在四丁目十字路口东南角开办的Café Lion格调很高，连当年的政府部长都来吃饭，尤其美味冰淇淋非常出名。不过，同样出名的是这家店的女伙计（当时叫做“女boy”）全在和服上边系着西式白色裙子伺候顾客；可以说是不同于传统艺伎的日式吧女之起源。

第二年，日本进入了短暂的大正天皇施政时期。前后只有十五年的大正时代，都市文化盛开，各种艺术运动活泼，政治上又是自由风气弥漫的浪漫年代，“大正摩登”“大正德谟克拉西”等词儿，形容当年的社会气氛。位于银座西边的日比谷、有乐町地区，开了帝国剧场、有乐座等近代式剧场，每晚举行西方话剧的演出；东边则有传统戏剧的核心歌舞伎座。看戏前后在银座Café约朋友聊天，成了新时代的流行风俗。

一九〇三年出生的女作家森茉莉，在一篇叫做《Café Printemps》的文章里讲述过小时候被父亲森鸥外带到帝国剧场去看自由剧场演出的回忆。那晚的节目是易卜生作品《John Gabriel Borkman》；脚本是小山内熏托森鸥外翻译，由市川左团次饰演主角。鸥外是曾留学德国的高级军医兼作家，当晚披上欧式黑色斗篷，给小女儿则戴上了白色帽子光临剧场。闭幕以后，大家都去Café Printemps坐一坐；小茉莉也一同去，平生第一次喝了热咖啡。她写道："当年的银座夜晚很黑暗；从家家商店漏出来的灯光则是黄金色；微妙但几乎可以说是俨然的西欧文明香气，确实飘在商店里、人们的服装里、不知谁藏在口袋里的外国烟草烟斗里。那时代跟后来不同，是只有神经锐敏而理解西洋的人吃西方的东西，戴上舶来物品的。"

最初作为国家陈列窗诞生的银座砖头街，多年来一点一点被东京人接受的结果，终于演变成具有日本特色的西式繁华区了。多数顾客跟森鸥外父女一样属于社会高层；往往是明治维新以后搬来东京的第一代。他们住在旧市区西北边台地上的"山手"地区（原武士居住地）；先坐人力车，后来搭电车（一九〇三年开通）、公共汽车（一九一九年开通）来银座玩。来银座等于接触西方文化；他们引以为荣，觉得自己高人一等。

然而，好事多磨；一九二三年九月一日发生的关东大地震造成了非常大的损害。日本房子以木造为主，一旦发生火灾就难免无限延烧。即使是耐火建筑银座砖头街都禁不起烧掉了半个东京的大火灾。年表上说"一九二三年九月一日，全银座消失"。当时念小学的池田弥三郎，跟家人佣人等共六十名一起逃生，竟逃了两天三夜才抵达了安全的地方。他后来写："第二次世界大战末期的美军空袭带来的破坏，都比不上地震火灾造成的损害。"据统计，关东大地震的牺牲者总共达九万九千三百三十一人，受伤者有十万三千七百三十三人，失踪者则有四万三千四百七十六人。

8 MOBO & MOGA 时代

日本是多地震的国土，东京的火灾历来也多。地震后银座商业区复兴的速度相当快。两个月以后，大街上的众商店一起开门，虽然全都是匆匆建好的棚屋，等恢复生意赚了点钱后，便要慢慢重建正式店铺。作家永井荷风在十二月四日的日记里写："到银座。店铺皆窝棚上点起电灯，把商品陈列在路旁的样子犹如博览会小卖部。"有一些商店大地震后不再开门或者迁址；例如，曾风靡一时，体现了大正摩登的Café Printemps则离开了银座（搬去神乐后，成了日本麻将的发祥地之一）。

大地震以后，东京的风气明显有变化。日本社会从此进入大众化消费时代，银座街上出现了怪模怪样的年轻男女，当时叫做MOBO & MOGA(Modern Boys、Modern Girls的简称)。男的穿上喇叭裤和双扣短上衣，戴上软呢帽，一手抓着拐杖。

女的则穿露膝盖的短裙子，把头发剪成英国贵族男中学生的发型伊顿头（Eton crop），眉毛则剃掉了以后用笔画。他们去重开的Café喝甜香酒（liqueur），到舞厅随着爵士乐伴奏跳交际舞，也谈自由恋爱，这是第一次世界大战结束后，欧美城市出现的flappers之日本版本。跟早些年的法国热不同，这回大家着迷于美国流行文化了。

我姥姥当年是个MOGA。她一九一一年在千叶县农村出生，十五岁就自己跑来东京投靠哥哥，不久考到汽车驾照（全东京第十三名女司机）而当上了公共汽车售票员（当时叫做bus girl）；听说，她假日穿上纯白西装套服戴上大帽子回家，吓坏了老乡们。

当时有个流行词叫“银BRA”，乃“银座BRA-BRA”的缩短型。日文拟态词“BRA-BRA”，翻成中文便是溜达溜达。银座复兴后出现的MOBO & MOGA们，主要在大街上来回溜达溜达，展览自己的怪服异装，也看别人的模样。其他人也学起他们，有事没事都来银座溜达溜达，“银BRA”成了流行风俗。（另一种说法是，“银BRA”本来为“银座Brazil”的缩短型，意味着去Café Paulista喝巴西咖啡；不过，后来大家都用来当溜达溜达的意思了。）

早稻田大学的民俗学教授今和次郎，这时候热衷于一门新学问叫做考现学；就像考古学研究古代文明，考现学要研究现代文明。一九二五年五月，他带一批学生站在银座四丁目钟塔下，一手拿着卡片，一手记录了每段时间的行人数目、种类、他们的动作、服装等。经整理发表的“东京银座街风俗记录”仔细得惊人。根据记录，在男性行人中，有百分之六十七穿着西服，只有百分之三十三穿着和服。然而，在女性行人当中，穿西服的只有百分之一，其他百分之九十九还穿着和服。可见，在那个时代环境里，穿露膝盖的短裙子，把头发剪成伊顿头的MOGA们，显得多么突出。

从这年代起，银座尤其是四丁目十字路，成了日本流行风俗的陈列窗。在村上春树小说《奇鸟行状录》里面，主人公被邻居少女带去替假发公司调查男性行人头发状态的地方，就是四丁目十字路口钟塔下，即七十年前今和次郎等人进行“东京银座街风俗调查”的地方。早大校友村上在文中的这段叙述，应可说是向今教授表示敬意的。

一九二六年年底，大正天皇去世；日本进入了急剧变动的昭和时代。大众消费文化越来越烂熟，百货公司陆续开门，东京第一条地铁开通。到了一九二九年，银座地区的咖啡厅、酒吧竟多到六百家了。这些地方，不再是只有艺术家、高层人士光顾的文化场所，而是针对中产阶级群众了。

池田弥三郎在《我的故乡银座》里列举他当年常去的咖

啡厅："二丁目有三共，三丁目有钟纺的吃茶室，五丁目有不二家，六丁目有Colunban以及Terrace Colunban，七丁目有Mon Amie，八丁目有资生堂和千疋屋，拐进去，五丁目后街有German Bakery，西五丁目有富士冰淇淋和Ruskin文库(服部钟表店的少爷崇拜英国思想家John Ruskin而开的)，数寄屋桥有日动画廊吃茶室等等。"

当年美国文化流行的程度，从一九二六年创业的中餐厅银座ASTOR看得出来。中餐馆在银座从最早期一直存在。可是，这家洋名中餐厅是标榜美式中餐的。创业老板矢谷彦七当初做海员常到国外，后来在日本卖进口牛油发大财。他憧憬上海的第一流饭店ASTOR HOUSE HOTEL(即礼查饭店，后来的浦江饭店)，于是借其名字在银座一丁目大街上开了内部装饰、服务等全美国式的银座ASTOR。这家店的拿手菜是chopsuey（杂碎）、炒面、烧卖等，很受银BRA人士的欢迎；店里往往爆满，得关起门来谢绝顾客。它后来走高级路线，如今除了发祥地银座一丁目外，在东京各地开了近四十家分号。

一九三〇年开张的燕子（Tsubame）Grill的店名，则取自同一年在东京和大阪之间开通的超级快车燕子号；本来需要十个多小时的旅程，一下子缩短到八个小时二十分钟（今天的新干线则只需两个半小时）而轰动全国。这家餐厅本来附设在新桥火车站内，模仿欧美火车站内同样店铺而设计的。

后来迁址到银座一丁目，几十年如一日地提供着充满怀旧气氛的老派西餐，其中汉堡肉饼(Hamburg Steak)为绝品。再说，真是不可思议，如今店内仍飘有火车站般的气氛。

9 ERO, GRO, NONSENSE 时代

从二〇年代末开始，整个日本社会的风气有慢慢腐败的趋势。一方面有世界性的经济萧条；在农村很多人挨饿，不少家庭被迫把女儿卖掉。另一方面有军国主义逐渐抬头，一些年轻人则受苏联革命的影响参加左派运动而被官方取缔。银座大街上，一九二五年就发生过无政府主义团体成员五十名集体破坏商店陈列窗等案件。到了一九二八年，一千五百名共产党员同时遭警察逮捕。

这时候，电影、流行歌曲等新式娱乐出现，受到群众的狂热支持。一九二九年，菊池宽在《KING》杂志上连载的小说《东京进行曲》走红，日活公司决定拍成电影，并请西条八十撰写主题歌词。西条在大正时代是写《金丝雀》出名的童谣诗人，曾是全国文学青年的偶像；去法国留学两年回来后，当上早稻田大学法国文学系副教授(后来做教授)。然而，时代变化，他也随着时代而变化。

《东京进行曲》

怀念往年银座柳／婀娜艺伎谁记得／爵士跳舞甜香酒／次晨下她眼泪雨

这首《东京进行曲》空前走红，连唱机都没有普及的时代，竟卖了二十五万张唱片，并成为流行歌曲描述银座街上风俗的先驱。跟大正摩登时期的高雅气氛正相反，昭和初期的日本流行趣味低俗的娱乐。人们跑去剧场要看的，不再是严肃的翻译剧，而是年轻女孩露着大腿跳的列队行进舞（line dance）；那些女孩恐怕就是从贫穷的农村给卖过来的。

当时的媒体把时代风气形容为："Ero（tic），Gro（tesque），Nonsense."经济情况越差，国家在国际上越孤立，人们越需要发泄，越寻求刺激。社会上弥漫煽情的娱乐，导致当局严厉取缔。社会文化颓废的恶性循环开始了。

本来文化气氛浓厚的银座咖啡厅，也逐渐变成了另一种场所。人们光顾名店Café Lion、Café Tiger等的目的，不再是为了跟朋友交谈，而是为了跟陪酒女郎相处。一九三〇年，有个东京大学生跟Café Hollywood的吧女去海边吃安眠药企图殉情；结果，女方丧命，男方幸存。他就是后来写小说《人间失格》之太宰治；他当时也从事着共产党的地下活动。

同一年，大阪资本家来银座开办第一家大规模夜总会美人座；为了宣传，竟让三十名女郎坐飞机来到东京。同质店铺陆续开张；从Café Printemps和Café Paulista开始的银座咖啡厅文化彻底给破坏了。之前在这些地方工作的女伙计们不肯转到俗气下流的大阪式夜总会去，于是纷纷独立而开始自己经营小酒吧。小说家吉田健一（战后首相吉田茂的儿子）在一篇文章里写："相对于大肆铺张的大阪式夜总会，酒吧的女伙计据说属于知识阶层，因而文人或学生都乐意光顾酒吧。"战后银座的"文坛吧"就是这样开始的。

10 战争和银座

电影导演小津安二郎在一九三三年五月三十号的日记里写："在German Bakery吃三明治的时候，听到了服部钟塔的响声。"同年六月六日则写："服部的大钟打响八点钟。在五丁目竹叶鳗鱼店，经过苇门看到的银座夜景真美。"今天仍在四丁目十字路口的服部钟塔是早一年改建的；楼高三十米，塔有九米高。小津既爱银座又爱四丁目的钟塔。（至于鳗鱼的竹叶亭，早在江户年代创业，至今还在经营中。）那是二十世纪前半叶的日本最后和平的日子了。

一九三七年的"七七事变"发生，次年施行国家总动员法以后，军部对国民生活的管制也明显严格起来；低俗流行歌曲被禁止，连艺伎都组织加入国防妇人会，军国主义的歇斯底里逐渐掩盖整个社会。一九四〇年，在银座大街上展开“剪短袖子，不烫头发”运动。国防妇人会成员看见了穿着长袖和服（盛装）或烫着头发的女性，就要挥刀剪掉的不仅是袖子，还有头发。从 MOGA 阔步的日子才十年，时代风气转变得非常快。

一九四一年太平洋战争开始后，剧场、酒吧等被关闭。连粮食都缺货，更何况酒了。据海量作家吉田健一描述，一九四〇年以前的银座还有酒喝，一九四一年以后若听到哪家酒馆能供应酒，即使限制一人一杯人家也老远跑过去了。他也是饭量很大的人，战时几年一直挨饿，非得去“杂炊食堂”排队吃喝跟水一样淡薄的杂烩粥，觉得非常难过。

政府禁止国民听敌国音乐，也禁止使用敌国语言，银座街上挂着英文、法文招牌经营的商店全非改名不可了。银座华盛顿鞋店则改名为东条鞋店，别人以为迎合了当局；实际上鞋店老板姓东条，跟军人首相恰巧是一样的。一九四三年，为了生产武器，银座大街的路灯共一百四十三根给拔掉，连电车轨道都撤走熔化了。一九四五年，一月、三月、五月，美军在银座上空进行大空袭。八月十五日，日本无条件投降；当时在南洋的池田弥三郎问了从东京飞来的美军士兵他故乡银座成了什么样子，回答是：Oh flat!

美军马上来占领东京，总司令部离银座很近，部队顺便接管了银座大街上几栋没给空袭破坏掉的大楼：四丁目十字路口的服部钟表店、松屋百货公司、东芝大楼都成了占领军的贩卖部；七丁目惠比寿啤酒堂则被美军士兵独占使用。那个时代大多数国民挨饿，街上站着很多妓女；连皇宫前广场，都有美国士兵跟战败国日本女性展开儿童不宜的场面。

战后几年，银座的多数商店也跟其他地方一样，即是入什么货就卖什么货的杂货店；而商品来路主要是占领军。不过，也有人说，即使在当时，即使卖杂货，银座大街上摆的东西品位上跟其他地方就是不一样。

据吉田健一描述，一九四七年以后，才恢复了只要有钱就可买到东西吃的状况。他在散文《填肚子》里写着：战后第一次去银座后街的维新号中餐馆，一下子吃了三碗馄饨和两个肉包子，吃个痛快而且填饱肚子的经验真是愉快极了。这家店，本来是十九世纪末来日本的宁波人在神田为同胞留学生开的家乡菜馆，据说当时旅日的鲁迅、周恩来、蒋介石等人都光顾过。后来，推销给日本人高级中国菜，其中红烧全翅是招牌菜，战前挺受有钱阶级的欢迎；战后却为填饱战败国民的肚子，搬来银座，当初专门卖大型肉包子馄饨出名，至今在银座仍有店铺。

11 战后的银座

战后的复兴，对有些人来得快，对其他人来得慢。吉田健一不肯在经济上依靠父亲，非得以笔维生不可，结果到了一九四九年他还不够钱买香烟，那年三月十日终于沦落为乞丐，讨钱的地方是文艺春秋出版社的门口。总编辑看到现任首相的儿子做起乞丐太有意思，叫他写稿，吉田却摇着头说："经验还不够呢。"总编辑只好把纸币塞进吉田摆在地上的空罐儿里。三个月后，十五岁的庆应中学生堂本正树在银座六丁目后街的咖啡吧 Brunswick，经伙计介绍认识二十三岁的新人小说家三岛由纪夫而成为同性情侣。那家店的伙计全都是美少男，顾客则以中年男人为主，可以说是日本同志吧的先驱。

一九五一年银座大街的路灯重新点上；一九五二年日本恢复独立。一九五三年广播连续剧《请问芳名》风靡一时；传说，当节目一开始，全国公共浴池女澡堂里就连一个客人都没有了。该剧以银座西端的数寄屋桥作为故事背景，吸引了许多观光客。同一年，小津安二郎的电影作品《东京物语》上映；有美女原节子扮演的女主角，陪伴来自乡下的公公婆婆坐公共汽车逛东京的场面，在车窗外边看得见她深爱的银座大街和服部钟表店，当时已改名为和光大楼。

银座大街上重建完成的百货公司、剧院等陆续开门；战前的繁荣一步一步回来。后街则开了很多小酒吧。一九五七年在一丁目小巷里开的小酒馆“卯波”，女主人铃木真砂女是一九〇六年出生的著名歌人；小铺子里每晚挤坐着文人、歌人，还有慕名而来的书迷们。

小说家野阪昭如在《文坛》一书里回顾六〇年代初刚出道时候的日子；跟编辑、同行见面的地方，始终是银座“葡萄屋”“L'amoir”等几家固定的文坛吧。那些酒吧的女主人爱好文学，对穷文人给特别减价。酒吧“姬”的女主人山口洋子是流行歌曲填词人，后来写起了小说竟获得了娱乐小说的最高峰直木赏。

二次大战末期的一九四五年美军空袭曾造成的瓦砾，长期留在银座四周的运河里。直到一九六四年东京奥运会的前夕，才把水路填平，上面建设了首都高速公路。曾经被水路围绕的银座，这之后被高速公路围住了。难怪老东京们说，二三年的大地震、四五年的空袭、六四年的奥运会彻底改变了东京的景观。一九六四年，五丁目美幸街聚集了一批年轻男女；他们穿上美国常春藤大学生般的衣服，个个都带着VAN服装店的纸袋子，好比是MOBO & MOGA的后一代，有事没事都“银BRA”一番。

一九六六年SONY大厦落成；外墙镶上十二英尺的显像

管两千两百六十八套。我小时候，每次被父母带去银座，都先到SONY大厦，看看那无数电视机放映的宣传片，然后去里面录音机、唱机等该公司的新产品展览的地方。到了年底，大楼外边的巨大圣诞树挂起无数铃铛，定时响起来，真是奇迹一般豪华。我们去吃饭的地方是位于后街的中餐厅万寿园，虽然不是维新号或银座ASTOR一级的名店，但也能吃到大大的烧卖，喝到甜甜的玉米汤。最后走到银座大街时，多数商店已经关门；母亲还是透过铁格子尽量窥进鞋店陈列窗里摆的橙色、草绿色、粉蓝色等高跟鞋。那些颜色，在家附近的商店是永远看不到的；只在银座名店才有得卖。

一九六八年银座大街上的电车废止；地铁成为主要的市内交通工具。一九七〇年开始，每周末下午禁止车辆通行，把大街作为“步行者天国”开放给行人。一九七一年日本头一家麦当劳在银座四丁目三越百货公司一楼面对大街的地方开张；美国的通俗文化一直都是由银座进入日本国内，直到九〇年代的星巴克。

12 我的银座

我自己从一九八四年到一九九七年大部分时间都在海外；回来的时候，银座大街上早已开了很多家外国名牌店。TIFFANY、CHANEL、CARTIER、LOUIS VUITTON、GUCCI、FERRAGAMO、BULGARI、PRADA、LANVIN等等，在欧美时装杂志上登广告的牌子几乎全来了银座。不过，令人高兴的是，发祥于银座的百年老店也仍然都在。在银座，全球化和本土文化呈现难得的和平共存。

我喜欢从一丁目开始，慢慢往南走。先在燕子GRILL尝尝全东京最好吃的汉堡排；这里下午有上班前来吃点东西的银座酒吧美女，她们的皮肤呀化妆呀发型呀，就是跟普通女人不一样，至于戒指上的宝石之大则更不用说了，真值得看一看。走出来，到卖文具的伊东屋看信纸信封或进口笔记本是一个选择。若到对面，则有专卖洋酒和西方食品的老字号明治屋，这里常能找到欧洲小国如卢森堡进口的白葡萄酒。隔壁的饼干蛋糕店风月堂则创始于一八七三年。

三丁目有由基督教书店发展起来的教文馆，同行十字屋则变成了音乐教室。四丁目的和光和御木本（MIKIMOTO）珍珠店永远是享受眼福的好地方，也是买小礼物时候的好去处。当然，若要买SEIKO手表的话，在和光买最好不过了。走过木村屋的时候谁能不买摆在老式木头盒子里的豆沙面包呢？还是买一两个站在外边吃吧。

过大街到三越百货的狮子铜像那边，一直往前走五分钟就到歌舞伎座；有卖很便宜的单幕票，不到一千日圆，进去看一小时也不错。再走回银座大街来，五丁目东南边角落，是大约一百年前Café Lion的所在地，今天有Lion Beer Hall，位于地下室里。一楼则是日产汽车公司的新商品展出室。对面有卖文房四宝的鸠居堂，一八八〇年开业，始终闻得到熏香味，一楼卖很多种日本传统的彩色印花纸，好可爱的。

隔壁的银座华盛顿鞋店战后恢复了原名。本来是整栋大楼全卖鞋子，现在把地上部分租出去，鞋店仅在地下一楼和二楼了；也许部分生意被欧洲名牌抢走了。不过，据我所知，这一家还是全日本最好的鞋店。首先，库存很齐，从不说二十四半女鞋缺货；其次，专门卖穿起来舒服的鞋子，而不卖设计好看穿起来痛苦的那种，在这儿买鞋子不需要担心几天后脚跟皮肤擦破；其三，服务很专业，如果你的一只脚比另一只大，售货员马上主动找来脚垫做调整，而且不加收费用。拎着华盛顿鞋店的纸袋子继续溜达溜达，感觉可好。

到了七丁目就不能不停在Lion啤酒堂了。银座有好几家Lion分店，但是真想喝全东京最好喝的生啤，你就非得来七丁目这一家不可了。有七十多年历史的德国风格啤酒堂气派非凡，总是有很多客人，好热闹。里头有一千升的大型啤酒桶共四个，可见每天的贩卖量竟有多少。在这里，拉啤酒是只有专家才能担任的高级职务，由柜台主任海老原清先生负责。他的资历超过四十年，如今另一个头衔是副店长。

银座历史的说明牌 / 木村屋面包店 / 三越百货公司的狮子像
竹叶亭鳗鱼店 / 华盛顿鞋店 / 歌舞伎座

啤酒种类有札幌牌、惠比寿牌的生啤、黑啤各一半等几种；我最喜欢喝惠比寿的生黑各一半（half & half）。这家店不仅啤酒好喝，而且菜肴都很不错。周日下午供应的烤牛肉非常好，整块肉放在圆顶形大银器推过来，在顾客面前用长刀切割后盛在盘子上；物美价廉，难能可贵之至。

酒足饭饱，极乐世界。去隔壁山叶乐器（YAMAHA）看看乐器、乐谱好呢？说不定在店内开着小音乐会。还是去对面虎屋买甜点心带回家好呢？这家是十六世纪在京都创业的老字号和子店；我高中时候有个音乐老师新岛先生，每天的午饭就是虎屋的红豆羊羹一条，他从不吃饭也不吃菜，而且每天穿着绿色的西装！走到八丁目，资生堂的红色新大楼特别抢眼；玻璃门内总有工作人员站着，若是衣冠不整齐，就不让到楼上Parlor去的；架子好大呀。

咱们还是去历来欢迎穷书生的Café Paulista吧。虽然今天的铺子是战后盖的，但也已有几十年历史了，门口摆着一九七〇年代约翰·伦农跟太太小野洋子一起光顾时，在碟子上留下的签名。那一次，他们连续三晚光临，高高兴兴地喝了招牌咖啡Paulista Old。收款处旁边挂着大约一百年以前，刚开业时候的照片。当年新女性（蓝袜子）们常利用的二楼女宾部已经取消。可是，Paulista并没有忘记她们。直到今天，穿蓝袜子的女顾客受到特别待遇；只要告诉老板一声，咖啡钱是免费的。

啊，银座真好。这些还只是大街上的铺子。到了后街，更有数不清的可爱小店。例如：古老的和服店、刀剑店、从欧洲直接移过来的巧克力店、香水店、糕点店。银座是永远玩不完的。

上野森林物语

经二十世纪末的大规模装修，
古老的木造音乐厅仍然能够使用，
让我们能跟夏目漱石作品的登场人物
坐在同一个环境里倾听古典音乐，
简直可以说是美丽的奇迹……

1 日本第一所公园

有人说：公园是西方人发明的玩意儿，从前在东方是没有的，所以在日本，最初的公园是居住于横滨、神户等开放港口的西方人要求设置的。也有人说：自古以来东方也有公园，只是形式上跟西方不同罢了，例如江户的浅草、飞鸟山等地既有樱花又有茶店，每到花儿盛开的季节，游客多如人山人海，难道不是公园吗？

还有人说：其实在西方，公园的历史也并不长。中世纪住在乡下的农民不会需要公园，反之，工业革命以后，例如十九世纪初的英国伦敦等大城市，劳动人民的居住环境很差，出于给他们提供运动游乐的空间之需要，才诞生了近代式公园。比方说著名的海德公园，最初是王室的打猎地，一八五一年成了世界博览会场地后，作为公园开放给市民。纽约的中央公园则在一八五〇年代开始建造，一九七三年才完成。

总而言之，当日本开始建立近代国家之际，西方各国正时兴建造公园。

一八七〇年是明治维新后的第三年。日本政府打算在东京上野山宽永寺的旧址建设大学医院。那个时候，荷兰军医鲍德温博士恰巧被邀请来东京讲学， 关于医院所在地，日本政府征求了他的意见。谁料到，往上野视察的鲍德温医生道："这里景观实在优美，与其建设大医院，倒不如修成公园呢！"这大概是日本官员第一次听到"公园"一词。当年的日本凡事都要学西方，既然人家说修成公园好，咱们就放弃盖医院的计划吧。但，公园这玩意儿，究竟是什么东西呢？

今天，鲍德温博士的铜像设于上野公园内，喷水池西边的森林里。不少东京人觉得：幸亏他提出了好意见，否则这座美丽的小山早归于病人了。有趣的是，一九七三年为了纪念上野公园开设一百周年，荷兰政府赠送的鲍德温博士铜像，其实是根据他弟弟的容貌而做的。因为博士的弟弟也曾作为荷兰领事在日本居住过，所以才发生了这样的错误。尽管如此，既然是外国政府送来的礼物，日本方面也不好意思纠正。二〇〇六年，日本一名和尚捐赠新的铜像，以此代替了旧的，使得游客终于认识到"上野公园之父"的真面目。据报导，和尚任职的寺院曾多年前招待过鲍德温博士。

在鲍德温博士视察的三年后，日本政府正式决定把上野山划为公园，再过三年，公园终于开门了。在五十三万平方米的偌大空间里，把古老的树木保留下来的同时，陆续建设

JR 上野火车站公园出口 / 东京音乐学校奏乐堂（1890 年完成）
国立博物馆（1882 年成立）/ 上野动物园 /
上野公园之父，鲍德温博士像

了博物馆、动物园、图书馆、音乐厅、美术馆等等，上野山成为东京首屈一指的文化区。据传说，一八八五年来东京的法国作家Pierre Loti把上野山形容为“日本的布伦森林”；他在长崎跟日本女人一起生活的经历，后来写成了小说《阿菊小姐》，乃歌剧《蝴蝶夫人》之原作。开设十多年后的上野公园果然让法国人联想到巴黎郊外的巨大森林公园，成绩不差呀。

只是，上野公园跟现代人所理解的公园是不一样的：没有草坪，没有花坛，也没有公开的运动场。可见，这些现代公园不可缺少的因素，在十九世纪的日本官员脑袋里是不存在的。西式公园的诞生，在日本，要等到一九〇三年日比谷公园开启时候。

2 江户的“鬼门”

东京的前身江户自古有人居住，在中世纪已是相当大的村庄，到了十五世纪更有人建设了城堡。不过，她真正翻身为大城市是十七世纪初，以武力统一全国的德川家康将军把幕府定在此地以后。

德川家信仰佛教，也信仰“阴阳道”，乃根据道家思想在日本发展过来的宗教思想。德川家康去世后埋葬的地点，就是按照“阴阳道”大师天海僧正的意见，决定为江户北边的日光了（即今天的日光东照宫）。天海僧正后来又提出：根据“阴阳道”，东北方向是“鬼门”，不采取措施则会有邪气进来江户。犹如京都东北的比叡山有延历寺起着保护首都的作用，江户东北的上野山上也该建设寺庙。幕府高层采用这意见，一六二五年在上野奠基了东叡山宽永寺，乃全江户城最大，也最重要的寺庙。（其次是位于江户城西南边的增上寺，两所寺庙位于对角在线，保护着江户城。）

宽永寺位于繁茂的树林中，山下的不忍池则被比作位于比叡山下，日本水面面积最大的湖泊琵琶湖。整个江户时代，每有德川将军去世都轮流地被埋在宽永寺和增上寺内的陵墓。在世将军则每年一定要参拜这两所寺院；为这目的，通往上野的路修得格外好。由于交通便利，后来上野山也逐渐成为老百姓去参拜游览的场所。春天大家到上野山赏樱花，至今已有将近四百年的历史了。

维持了两百六十多年的德川政权，到了十九世纪末终于崩溃。一八六七年，从京都打来的官军抵达江户，跟躲在宽永寺里的德川家臣团彰义队交火（上野战争），使得本来美丽的森林化为灰烬。明治维新后，新政府理应要把政敌德川家的菩提寺处理掉，没收了宽永寺的土地后，正如上述，本来计划盖大学医院。谁料到，托荷兰医生之福，封建时代的圣地竟翻身为近代式文化公园。

3 博览会和博物馆，馆口一叶的图书馆

一八七七年，日本第一届国内劝业博览会在上野公园举行。四年后，第二届的博览会又在上野举行。当年的欧洲特别时兴博览会，刚参加了国际社会的日本政府也需要派出代表团。为了从全国收集具有日本特色的展览品，遂先在国内举行博览会。

举行第二届博览会时候建设的美术馆，翌年演变成日本头一所博物馆，为今天仍在上野公园里的国立博物馆（一八八二年创立）。这博物馆也附设了全国第一个动物园，是著名的上野动物园之开始。跟着，东京美术学校、东京音乐学校（后来合并为东京艺术大学）、教育博物馆（现科学博物馆）也搬到上野山来。这里的西方文化气氛越来越浓厚。

一八八五年，上野图书馆落成，是全国第一所为公众开放的图书馆。虽然要买票进去，但是对东京市民来说，还是个能够接触到新知识的难得场所。如今日本五千圆钞票印着肖像的女作家樋口一叶，就是来这儿自学了古典文学的。

国立国际儿童图书馆（原帝国图书馆，1906 年落成）

一叶从小好学却十一岁就被母亲强迫退学，正式的教育只受过五年半而已。她后来志愿做日本头一名的职业女作家，为了增加知识，频频往上野图书馆去。在一八九一、一八九二年，她十九岁时候的日记里，常出现抽空到上野阅读的记述。当年的图书馆是两层楼的木造房子，在门内脱鞋上去，楼上有妇女专用阅览室。一叶常跟女性朋友约好一起去读了《源氏物语》等古典作品，看完书后则到不忍池边的莲玉庵吃碗荞麦汤面填肚子。这家一八六〇年开张的老字号面馆，今天由第六代老板营业中。（莲玉庵：台东区上野二—八—七，池之端仲町通。JR山手在线野站下车。）

一叶的代表作之一《十三夜》，后一半是以上野山为背景的。受不了任性丈夫的女主人公，十三夜那晚跑回娘家对父母诉苦要离婚，但是父亲劝她道：做富人太太比做穷人女儿强得多，还是回去好好做孩子的母亲吧。无可奈何，她叫人力车回夫家去。谁料到，拉车的就是她少女时代相爱的对象，他在失去了恋人后自暴自弃沦落为车夫。他们停下来说话的地方是入夜后漆黑的上野山。离繁华大街并不远，却只有这一带安静黑暗得令人不安，巧妙地形容女主人公的境遇。

近代初期，从外地来东京想接触新知识的年轻人，很多都到上野图书馆读书过。一九〇六年，经法律修改，上野图书馆改名为帝国图书馆，新的石头大洋房华丽至极，幸亏跨世纪保存了下来，二十一世纪初翻身为国立国际儿童图书馆。如今不收费，谁也能免费进去，既然到了上野，不妨进去逛逛。

4 上野和艺术

一八九〇年，在上野公园内完成的东京音乐学校（现东京艺术大学音乐系）奏乐堂，是日本第一所音乐厅。国内第一个交响乐队、歌剧团，都在东京音乐学校受训练，然后在奏乐堂演出的。经二十世纪末的大规模装修，古老的木造音乐厅仍然能够使用，让我们能跟夏目漱石作品的登场人物坐在同一个环境里倾听古典音乐，简直可以说是美丽的奇迹。

只有三四百座位的老音乐厅，跟现代化的大规模音乐厅比起来，实在太亲切、太可爱了。舞台中间还有十九世纪欧洲制造的管风琴。上世纪末曾到了破烂不堪的地步，学校当局也打算拆掉，好在有些教授以及市民团体提出了装修方案，最后保存下来了。

上野山上另外也有西洋美术馆、东京都美术馆等好几所大规模美术馆。对近代以降，文明开化时期的东京人来说，上野曾经很长时间是城中文化气息最浓厚的地方，果然不无原因。

东京的公园洋食店

我们心底下满是眼泪，
若无其事地交换微笑，
在松本楼院子里吃冰果……

在绿油油的树林里听着鸟声喝酒用餐是人生几大乐趣之一。东京有两家老字号西餐厅特别适合于享受这种乐趣，值得向大家推荐。上野的精养轩[1]和日比谷的松元楼[2]，都位于大公园里；环境挺好，菜肴顶好，而且充满难忘的故事情节，向来是当地文化界人士爱光顾的食肆。精养轩于一八七六年，松元楼则于一九〇三年，均跟公园同时开张，至今有超过一百年的历史。这么多年不变地受着东京人的支持，可以说是首都不可缺少的文化地标。

1 老字号“洋食屋”

先开张的精养轩，其实是东京最老的西餐厅之一。一八七二年，在筑地外国人居留区创业精养轩饭店的北村重威，本来是当时的右大臣岩仓具视的臣下。适逢明治维新后日本政府拼命推行“文明开化”政策的年代，北村认为国家一定需要符合西方人要求的旅馆和餐馆。受到岩仓的支持和鼓励，他雇请法国籍厨师等，一边开张经营筑地精养轩饭店，一边在日本高层尽力普及了关于西餐的知识。一八七一年，当日本皇家第一次采用西餐之际，传授正确刀叉用法以及餐

1　精养轩：台东区上野公园四番五十八号，JR 山手线上野站下车。

2　松元楼：千代田区日比谷公园一番二号，JR 山手线有乐町站，地铁霞关站、日比谷站下车。

桌礼节的就是北村重威。

一八七三年，政府决定在首都开设几个公园。其中最大的上野公园里，邀请西餐的精养轩和日本料理的八百善两家名店来开分号。当公园终于开门那天，白墙红柱的大洋楼早已完成，天皇与皇后双双光临。之后，东京人从未见过的华丽西餐厅，很快成为名人绅士坐马车来就餐的时髦场所了。

松元楼的历史也追溯到一八七二年，当老板小梅吉在银座砖头街开办小松食堂的时候。三十年后，东京市政府决定在日比谷地区开设国内头一个西式公园之际，他参加投标，成功地得到了公园餐厅的经营权，这是松元楼的开始。二十世纪初，在东京的摩登青年圈子里，曾被视为最酷的活动是在松元楼吃咖喱饭、喝咖啡。

2 漱石的遗憾，鸥外的尴尬

近代日本的头号文豪夏目漱石，在二十世纪初的几年里陆续问世的小说《三四郎》《虞美人草》《野分》等，都有登场人物到精养轩、松元楼用餐的场面。

在《野分》中，清贫的书生被阔朋友带到松元楼去喝啤酒吃半熟牛排、炸鲑鱼。他对拜金主义的社会风潮感到气愤之余，从二楼窗户用力往外扔下的烟头，恰巧掉落于富商帽子顶上而开始冒烟。那段记述，看了一次就永远也忘不了。他那么憎恨的时代风气跟一百年后全球化的今天实在太像了。漱石之称得上是文豪，乃他写下了诸如此类跨越时空的人间真理之缘故。作品中那清贫书生，改天去听音乐会的东京音乐学校奏乐堂，位于上野公园精养轩隔壁，连房子带欧洲进口的管风琴，归功于好心人士的努力，得以保存到今日。

漱石的死对头森鸥外在一九一〇年发表的《青年》，有评论家认为是作者要跟《三四郎》比创作本领的，果然作品中有关于上野附近的仔细描述，包括主人公在精养轩吃饭的场面。

精养轩和松元楼是当年东京屈指可数的餐厅，所以不仅是小说中的人物，就连作者自己也常在现实生活中光顾过的。

漱石瞑目之前最后一次出外，就是到筑地的精养轩饭店参加后辈的婚礼。据夏目夫人镜子回述，那天在桌子上摆着漱石毕生爱死的花生米，果然他看见后吃个不停，结果回家闹起老病胃溃疡发作，四个星期后去世了（一九一八年）。五年以后，精养轩饭店在关东大地震里毁灭，从此上野一家成了总店。

学生时代的森鸥外，在德国念卫生学时候跟当地女郎谈恋爱并且同居生活，可是为了回国做官，最后抛弃了她。谁料到，他回到日本后没几个星期，德国女朋友竟然也坐船来到日本，下榻的地方不外是筑地精养轩饭店（一八八八年）。

上野精养轩

那场面多么教人尴尬呀！黄金时期的鸥外，获得文学博士学位，写小说出名，而且担任军医总监，也成为政府国语改革委员等等，但是年轻时期却曾是个胆怯又不负责的小伙子。他拒绝跟德国女朋友见面直接谈话，请亲戚出面交涉；对方最后伤心地再上船回欧洲去了。两年后，鸥外发表短篇小说《舞姬》，写的就是在德国谈恋爱的经历。

之后，他结婚、离婚、再结婚，过四十岁才得到了稳定家庭带来的幸福。这时已经大名鼎鼎的森鸥外，自己叫人力车带女儿茉莉去上野精养轩吃饭，但是由于外貌不扬，不仅被伙计轻视，连车夫都当他是个乡下老头子而看不起（一九一〇年左右）。多年后亦成为畅销作家的森茉莉，在怀念父亲的散文《父亲的帽子》里，把爸爸鸥外气愤至极的样子描写得津津有味。鸥外后来任职于帝室博物馆总长（一九一七年），地点就在上野公园中间，不知从此他在当地蓝领朋友中的名声提高了没有？

森茉莉自己十九岁就陪伴丈夫远赴欧洲，在巴黎贞德饭店暂住时（一九二二年），恰巧也在那儿逗留的辰野隆就是早四年蒙受夏目漱石光临婚礼的法国文学家。文人的命运就是这样无限地交织下去。茉莉在散文集《记忆的绘画》里，把辰野隆形容为潇洒的绅士。他的父亲是当时刚设计东京火车站（一九一四年）而出尽风头的建筑家辰野金吾。

3 清贫情侣的冰果

一九一〇年左右，在日比谷公园里的松元楼成了西派艺术家团体“牧神（PAN）之会”的集会场地。诗人北原白秋、小说家谷崎润一郎等当时都二十四五岁，最年长的诗人、雕刻家高村光太郎也不到三十岁。

高村在圈子里看上了女画家长沼智惠子。她当时在新女性杂志《青鞜》上连月画封面。两人经过一场火热恋爱后结婚，但是艺术家大妻过的日子贫穷至极，天天摘路旁野草填肚子，始终害怕有一天要饿死。来自生活的压力导致生性敏感的智惠子患上神经衰弱的毛病。

她去世后的一九四一年，高村问世的诗集《智慧子抄》收录着早三十年，“牧神之会”时期写的一首诗叫做《眼泪》，个中道：

我们心底下满是眼泪
若无其事地交换微笑
在松元楼院子里吃冰果

诗人自己没有解释，但是很多读者以为那是写他和智惠子双双吃冰淇淋的场面。

如今在松元楼的菜单上有“漱石的牛排”，也有“智惠子的冰淇淋”。前者指的是上述《野分》中有关穷书生的叙述，后者则指《智慧孑抄》里的“眼泪”了。

4 “哈雅士饭”之谜

精养轩的哈雅士饭（Hayashi rice）和松元楼的牛肉咖喱饭都挺有名气，可以说是日本“洋食”的皇帝和皇后。尤其是哈雅士饭，在其他国家似乎不存在，纯粹属于日本。不过，我也记得香港有一类食品叫做“豉油（酱油）西餐”。恐怕亚洲各地都有当地化的西餐吧。

如今的日本人把正宗的法国菜、意大利菜等等和早已当地化的“洋食”分开来看。后者是十九世纪到二十世纪初传到日本来的，有英国菜、法国菜、俄国菜的变种。来路往往不清楚，估计大概其中不少是从中国大陆——哈尔滨或上海租界传来的。

当西方菜到东瀛演变成“洋食”的时候，似乎一定发生的变化是：跟白米饭结合，单独构成一顿饭。所以在日本“洋食”中，最出名也最受欢迎的是咖喱饭；不是地道辛辣的印度式，而是含有很多面粉稍甜呈着糊状的英国式。其次是抹上面包粉用油炸的猪排吉列。第三名就是哈雅士饭了。

哈雅士饭说穿了就是把炖牛腩浇在米饭上吃，关键在于褐色稍苦的糊状调味料，乃是把洋葱、胡萝卜、芹菜等蔬菜烧焦后加面粉和牛肉汤熬成的。这种 sauce demiglac，好像在发祥地欧洲早已被淘汰掉，然而在日本不知怎地扎下了很深的根。只要是日本“洋食屋”提供的菜肴，无论是炖牛肉、牛排、汉堡肉饼，还是蛋包饭，上面一定有这种褐色酱，而客人也吃得津津有味。

至于到底是谁发明了这种哈雅士饭，“哈雅士”又是什么意思，向来主要有两个说法。

一个说法是：上野精养轩从前有个厨师姓林（日本话念 Hayashi，即哈雅士），他本来为工作人员做的午饭很受欢迎，后来登在菜单正式推销给客人了。另一个说法是：丸善洋书店的创业老板早矢仕（日本话也念 Hayashi，即哈雅士）的发明，在书店附设的食堂里出售而获得好评的。还有一个说法是：当年早矢仕常去的神田佐久间町三河屋西餐厅，拿手菜是英国式 hashed beef，经改良成为丸善食堂的哈雅士（hashed 的谐音）饭了。

位于日本桥的丸善洋书店是一八六九年创立的老字号，周树人（鲁迅）、周作人兄弟旅日时期也常光顾。周作人在《东京的书店》一文里，开头就写：“说到东京的书店第一想起的总是丸善。”所以呢，他们有可能也吃过书店餐厅的哈雅士饭。丸善现在有很多分店，除了书本以外，还出售罐头装的哈雅士酱。这种假西餐，由今天的人吃来，蛮有“近代”味道的，即东方人为了消化西方文化而刻苦奋斗的伤感味。可以说是令人怀念的味道吧。值得尝一尝。

5 一百多年天天客满

话归公园餐厅。难能可贵的是精养轩和松元楼两家老字号，直到现在都天天客满。客人中，虽然也有我等书迷，但更多的是到公园来散步的老夫妻，附近公司的工作人员，还有百年如一日，热恋中的年轻情侣。说不定他们心下也满是眼泪。

如果去吃午饭的话，最好十一点半以前到达，否则恐怕没有位子。或者干脆等到一点半，别人吃完午饭的时候也好。这样子，就能够坐在俯瞰不忍池的阳台上（精养轩），或在小鸟飞来的院子中（松元楼），品尝美味的同时亦享受到卓越的景色和迎面吹来之风。两家都有以简餐为主的食堂和提供法国套餐的餐厅，能够按照个人预算和时间来选择决定。

去松元楼的话，请注意门口旁边摆的老钢琴，是宋庆龄刚刚跟孙中山结婚的蜜月时期弹过的。原来，他俩是在日本朋友家举行的婚礼，地点在今天 JR 山手线新大久保站附近。那日本朋友梅屋庄吉是日活电影公司的创始人，年轻时候在香港开照相馆时认识孙中山的。梅屋毕生支持了孙中山和中国革命。宋庆龄回中国大陆时留下来的钢琴，由梅屋的孙女，即今天松元楼的社长夫人，特意拿出来展览以纪念孙中山和梅屋庄吉的友谊。

芦屋因缘：
从《源氏物语》到村上春树

在村上春树《寻羊冒险记》的最后一章，
主人公走到芦屋川的河口坐下来哭泣两个钟头。
村上离开故乡赴东京上大学以后的几年内，
原先长达八公里的白色沙滩逐渐被填拓，
从此美丽的海景和山景都永远变样了……

我生长在东京，还以为日本除了东京以外全是乡下。对曾作为国家中心的关西，我的理解本来也非常有限；中学的修学旅行去了京都、奈良之后，几乎没有增加任何知识，至多在电视上看到讲大阪话的搞笑演员，或偶尔吃到章鱼烧等大阪点心而已。所以，除非过而立之年后跟关西人有了缘，一辈子都做了井底之蛙也说不定。

不过，连自大无知的东京人都听说过关西有个地方叫芦屋，乃全国数一数二的高级住宅区，其名气之大只有东京的阔人集中地田园调布能相比。描述日本富贵家族生活的文学作品许多以芦屋为背景。其中著名的，战前有谷崎润一郎的长篇小说《细雪》，战后有山崎丰子的经济小说《华丽一族》。另外井上靖、远藤周作等作家也写过芦屋。如今国际上最有名的日本小说家村上春树更是在芦屋长大的；他早期三部曲《且听风吟》《一九七三年的弹子球》《寻羊冒险记》的背景全是此地。

那天，我为了初次拜访芦屋婆家而乘坐的新干线，离开京都后十多分钟就到了新大阪站，换坐ＪＲ东海道本线快车再往西，过十五分钟便抵达了芦屋。日本关西地区的三座大城市：京都、大阪、神户，彼此之间相当近。铁路轨道上的距离是：京都—大阪 43 公里，大阪—神户 33 公里。芦屋位于大阪—神户中间，所谓阪神间地区的心脏部分。

1 村上春树与《源氏物语》

我开始感觉到关西文化历史之深厚悠久，是还在东海道本在线看着路线图的时候。目的地芦屋前方有须磨、明石两个站名引起了我的注意。这些地名对我很熟悉，是从一本古书里看到过的。那是十一世纪初由女作家紫式部完成，被列为世界最早期长篇小说的宫廷恋爱故事《源氏物语》。文中英俊风流的主人公光源氏给流放去蛰居一时的地方就是须磨、明石。当年的京都贵族去那边要坐船，先顺着河流穿过大阪，到了大阪湾后沿岸往西，大约十二小时后方抵达偏僻的渔村须磨。一千年后的今天坐电车前行，一个钟头就能抵达。我发现关西人过去一千年都在《源氏物语》的背景里生活过来，心底深处不禁感到强烈的憧憬。可是，身边的关西人却若无其事地说："须磨海滩？那是阪神间孩子中学时代第一次约异性朋友去玩的地方。"

村上春树也在一篇散文里自称为阪神间孩子（Hanshin-kan kid）。所谓阪神间指：大阪和神户两地中间，南有大阪湾，北有九百多米高的六甲山，乃有山有水，气候温暖的住宅区。从最东边的西宫市起，经过芦屋市到神户郊外，东西宽度大约十五公里；至于南北，从海滨到标高两百米的高地，仅只三四公里而已。处于海边山脚，从哪儿都能享受到优美的海景和山景。

我们在JR芦屋站下车，果真北边看到白色花岗石的地面上松树绿油油的山林，南边则闻到含着潮水气味的凉风从海面直接刮来。乘出租车沿着芦屋川开行，河岸也种着两排松树，后面是白墙红瓦的洋房和木造的日本房子。村上春树在《且听风吟》里仔细描述过主人公长大的地方，虽然写的是一九七〇年时候的芦屋，但仍旧可以说是相当准确的地区简介了：“前边是大海，后边是山，旁边有巨大的港口城市。……大部分居民住在有院子的两层楼房屋，也拥有汽车，其中不少家庭更有两辆汽车。……有河流和网球场、高尔夫球场、成排的大公馆、外墙和围墙、几间潇洒的餐厅、时装店、古老的图书馆、月见草繁茂的空地、有猴笼的公园……”这些描述，全是有根有据的。主人公的好朋友“老鼠”是有钱人的儿子，住在三层楼的洋房，屋顶上更有温室，地下的车库里停着奔驰汽车和TRIUMPH牌摩托车。作者像辩解似的加写道：“当然，我的朋友当中也有贫困家庭的孩子。他父亲是市营公共汽车的司机。”但是在日本很多地方，公交车司机算是中产阶级的。

村上春树一九四九年在京都出生，不久举家搬到阪神间，初中上了芦屋市立精道中学，高中念了兵库县立神户高校，十九岁赴东京上早稻田大学文学系（主修电影）时候才离开了芦屋。他父亲是京都和尚的儿子，任教于高中的古文老师；母亲则出身于大阪的商业中枢船场。他们家属于地地道道的关西主流。村上写道：在芦屋长大的少年时代，去附近商店买书是不用带钱的，只要告知家姓则可赊购；当年看的很多是外国小说和世界历史，甚少接触到日本文学；后来在东京郊区国分寺开爵士乐酒吧时，倒再三看过了以芦屋为背景的长篇小说《细雪》。毕竟，作者谷崎润一郎（一八八六—一九六五）的故居离村上长大的房子走路才十分钟而已。

2 谷崎润一郎与《细雪》

芦屋川如今几乎没水，有些人在河底做烧烤。《且听风吟》的主人公坐在河岸上把两只脚泡在水中。但是在《细雪》里，这条河有一次泛滥而造成严重的灾难，是根据一九三八年的作者亲身体验而写的。老东京谷崎在一九二三年的关东大地震后避难到关西来，投靠的是住在芦屋的老同学。之后的二十七年，他都基本上住在关西，沉溺于阪神间文化，写出了解剖日本审美感的评论杰作《阴翳礼赞》。教他对关西文化大开眼界的第三任夫人松子是大阪船场富商的女儿，跟村上的母亲一样。松子离开前夫跟谷崎同居时带来两个妹妹；对生性崇拜女人的唯美派小说家来说，简直出现了现成的女儿国。他后来写道：“对她们的感情，包括东京人对大阪人的异国情调。”一九三五年谷崎和三个女人开始新生活的地方就是芦屋。

谷崎五十岁在芦屋定居下来后，全力投入于《源氏物语》的现译工作。过去一百年，现译过《源氏物语》的日本小说家有几个，但是谷崎的热情最突出；他一辈子竟做了三次现译。不愧为历史上最古老的长篇小说，《源氏物语》长得要命，共有七十万字。每次现译，谷崎写的手稿（一张四百字）都超过了三千张。第一次竟花上三年时间，期间他只写了一部中篇小说，乃围绕着芦屋五金商店老板的《猫和庄造和两个女人》。一九三九年《润一郎译源氏物语》开始刊行。翌年他着手于上中下共三卷的大长篇作品《细雪》；显然是受了家庭环境和《源氏物语》的双重影响。

有文学评论家说：大阪船场富家的女人们在芦屋，接触到从东京迁来的新兴资产阶级时产生的独特口语，后来成为关西普通话的基础。谷崎的《细雪》就是最初记录这种女性口语的小说。设定于一九三〇年代末芦屋上流社会的《细雪》里，似是松子姐妹的莳冈家四女人，一会儿穿着豪华的丝绸和服去大阪看歌舞伎，一会儿去神户吃中餐、定做西装、看美国片，也跟德国、白俄等外籍邻居自由来往，尽情享受着二战前夕最后安闲的日子。

然而，实际上，当谷崎执笔《细雪》时，太平洋战争已经爆发。描述资产阶级奢侈生活的作品遭到军部的禁止不给

谷崎润一郎纪念馆

发表。但谷崎是天生的艺术家，即使不让发表，他都每天不停地写。为了回避美军空袭，疏散到伊豆热海等地，谷崎也继续写。当跳进防空洞之际，非得携带的最贵重物品就是《细雪》手稿。战后的一九四六至一九四八年，作品终于问世。阪神间此时因战争化为灰烬，谷崎搬去京都。可是一讲到谷崎，人们就想起《细雪》《源氏物语》和芦屋。

出租车停下来，我就发现谷崎润一郎纪念馆原来位于婆家正对面。这里是每年谷崎文学奖得主做纪念演讲的地方。而阪神间孩子村上春树，离乡背井去东京上大学十七年后，三十六岁以《世界尽头与冷酷仙境》获得了谷崎文学奖。

3 阪神间摩登主义

阪神间高级住宅区的历史是十九世纪末开始的。一八七五年大阪和神户间铺设了全国第二条铁路（第一条则在两年前于东京—横滨之间铺设）。一九〇五年私营铁路阪神电车在阪神间海边开通。一九二〇年阪急电铁亦在北面山边铺设轨道。结果在腰带般细长的阪神间地区竟有了三条铁路，都直接通往大阪和神户。阪神、阪急两家公司在开发住宅区及建设观光地点吸引游客方面的成就也很大。前者拥有职棒阪神虎的根据地，现今入场人数全国最多的甲子园球场

（一九二四年完成）；后者则有清一色的年轻女孩演出的宝冢少女歌剧团（一九一四年初次演出）。

气候温暖、空气清新的阪神间，最初作为度假别墅区而受到注目，当时的居民多数为大阪富商。一百年前的大阪纺织业的兴盛导致环境污染，往昔的美丽水城不再存在了。高层人士受到英国传来的“花园城市”思想之影响，纷纷在阪神间找土地，请著名建筑师盖豪宅搬过来。其中传统的和式建筑也不少，但是更具特色的是当年日本还相当少见的大洋房：例如法兰克·洛伊·莱特（Frank Lloyd Wright）为造酒商山邑家设计的房子。以绿油油的六甲山为背景，在白沙青松的海滩上，西班牙殖民地风格红瓦洋房屋檐栉比的芦屋，开始吸引从神户港登陆的西方人。有英国贸易商在山上建设别墅和高尔夫球场，也有一批白俄音乐家在彷佛黑海沿岸度假区的芦屋海边集中定居，而形成了文化村。

阪神、阪急两家铁路公司发行《郊外生活》（一九一四年）、《山容水态》（一九一三年）等杂志刊物，向白领阶级极力宣传了居住郊区的优势，书中多名医生齐声说：若要延续寿命，非得马上离开市中心，搬到阪神间“健康地”去居住不可。富裕的新居民一方面保持传统关西文化，另一方面积极引入西方的生活方式，结果产生了“阪神间modernism”，modernism与其翻成现代主义，倒不如译为摩登主义。比方说：《细雪》的四姐妹住的是有壁炉的半西式日本房子；她们热衷于春天赏樱花、夏天捉萤火虫等传统游趣，但是回到家中就大口喝啤酒或者开瓶白葡萄酒尝起司。阪神间摩登主义影响深远。村上春树的出道作品《且听风吟》里出现的音乐、电影片、饮料、食品等，没有一个专用名词是日语的，反之全都是外来语。他的文体也被指出明显有英语文法的影响。若他没有受阪神间摩登主义的熏陶长大，作品风格大概会很不一样。

另外，阪神间摩登主义文化也培育出了多位有才华的女性。《细雪》莳冈家的闺女就是布偶作家，周围几个职业女性也各自赴欧美深造服装设计、美容等方面的专业技术。现实当中，在国际文化界活跃的阪神间女儿也不胜枚举。举个例子，一九二九年在芦屋出生，念了天主教学校的作家须贺敦子。（她小学的音乐老师是往后的教徒小说家远藤周作的母亲。）她在日本最初翻译卡尔维诺等的意大利小说出名，后来发表《米兰——雾的风景》等多部散文也获得了许多奖赏和书迷。其实，她二十多岁就赴巴黎、罗马留学，参与过天主教左派的革命神学运动，也把日本文学作品翻译成欧文。除了夏目漱石、川端康成等大师的作品外，还特别介绍了谷崎的《猫和庄造和两个女人》、井上靖的《猎栓》等以芦屋为背景的小说，显然是对于故乡文化的爱和骄傲所致。有位研究者指出：在西方国家里，意大利最早发现村上春树、吉本芭娜娜等新世代日本文学，果然是须贺敦子早年播下的种子萌芽出来的。

文学因缘从不断绝。须贺敦子介绍给意大利读者的井上靖，乃任职于《每日新闻》大阪分社期间发现了阪神间文化的。当井上做学艺部副部长的时候，刚毕业于京都女子大学的女记者山崎丰子，受他影响亦开始写小说，获得直木奖后翻身为职业作家。揭开医学界黑暗面的《白色巨塔》一时轰动日本社会，接着一九七三年发表的《华丽一族》，以芦屋名贵家庭为背景描述了一九七〇年左右大银行互相并吞的内幕。书中出现的超级豪宅万俵公馆，位于芦屋山部的最高级地段六麓庄，是一九三〇年代参考香港的山人居住区设计出售的。

4 芦屋汉人与滩清酒

芦屋的文化土壤并非近代以后忽然开始肥沃的。芦屋这地名在日本最古老的歌集，八世纪成立的《万叶集》中就出现过。根据传说，苇屋（芦屋的别名，日文均念 Ashiya）菟原处女是闻名于世的美女，两个男人争夺她，导致三人先后跳河自杀，历来很多诗人歌咏过佳人悲剧。两男一女的三座古坟，附近至今仍在。芦屋川则有桥梁叫业平桥，乃取自古代的风流歌人在原业平的名字。《源氏物语》须磨卷里，光源氏引用比他早一百多年被流放到须磨的贵族歌人在原行平

谷崎润一郎《细雪》中的插图 / 长满爬山虎的芦屋图书馆
莱特设计的山邑家公馆（现澱钢公司迎宾馆）
谷崎夫人松子题词的《细雪》纪念碑 / 芦屋川 / 村上春树的母校精道中学

作的和歌："旅人袖子冷飕飕／过关刮来须磨海风。"行平和弟弟业平，都有作品被收录在日本人过新年时玩的诗歌纸牌"百人一首"而至今脍炙人口。尤其弟弟业平是日本文学史上最著名的花花公子。原来在公元九世纪的和歌故事《伊势物语》中有记载：似是他的风流歌人在芦屋拥有别墅，有客人从京都来访，就带到附近山涧瀑布游览去。收录在《古今和歌集》（公元九一四年）中的业平作品"世上倘从无樱花／春天心情该平稳"是把情人比作樱花的，芦屋川边的公园里有刻了这首歌的纪念碑。

九世纪编纂的《新撰姓氏录》里则看到"芦屋汉人"的名字，可见此地自古有从大陆过来的汉族人居住。这不禁令人想起在村上春树的初期三部曲里，主人公从东京回到家乡，跟老朋友见面的地方每次一定是中国籍老板开的酒吧J's Bar。村上在短篇作品《开往中国的慢船》中讲到：小学时候去神户的中国人学校参加考试，感觉上犹如到了天涯海角。那所学校是位于神户山手的中华同文学校，乃一八九九年由梁启超提倡建立的。芦屋的大海一贯通往国外。阪神间东端的西宫市可追溯到十二世纪的戎神社，当初供奉舶来神，曾是流动傀儡师的活动据点。另外，古代芦屋也有从畿内通往九州岛太宰府的西国街道驿站。后来起自大阪的中国街道和西国街道更在芦屋汇合。

十七世纪兴起造酒业，此地产量曾一时达到全国生产量的六成。从现在的西宫市到神户市东部所谓“滩五乡”，跟后来的阪神间地区完全重叠，既有甘甜的泉水又产出高质量大米，特别适合生产清酒。至今“滩清酒”是日本酒的头号名牌，大关、日本盛、菊正宗、松竹梅、剑菱等品牌全来自“滩五乡”，总共四十二家造酒厂加起来占全国销量之三成。造酒业兴隆的结果，早在明治维新之前，这里的资本积累已经非常可观；富裕老板当中有的是鉴赏家、收藏家，所收集的古代铜器、陶瓷器等，为日后阪神间为数可观的私人博物馆、美术馆奠基。十九世纪末从大阪搬来的富商们重视教育，出钱为自己的后代建立甲南幼儿园、小学、中学；这一举引来神户的美国教会学校纷纷搬来，使阪神间成为关西的教育要地。当地的造酒家族也不甘落伍，由两家共同创办的滩中学，请来东京高等师范学校的校长嘉纳治五郎（现代柔道的创始人，当地造酒商家庭出身）做顾问，果然发展为每年送多名学生上东京大学的名门中学。另外，村上春树的父亲村上千秋任教多年的甲阳中学，也是生产白鹰牌清酒的辰马家建立的。

5 永远的芦屋

在村上春树《寻羊冒险记》的最后一章，主人公走到芦屋川的河口坐下来哭泣两个钟头。他离开故乡赴东京上大学以后的几年内，原先长达八公里的白色沙滩逐渐被填拓，在芦屋市内只留下了五十米。填海用的是整平山麓得到的泥土，从此美丽的海景和山景都永远变样了。在填拓地上盖了好几十栋中高层公寓（其实我婆家住其中一栋）；越来越远的人口海岸那边，以超高价出售具备私家游艇港的现代派豪宅。然后来了一九九五年一月十七日的阪神淡路大地震。芦屋的房子倒塌了有一半以上，村上的老家也无法住了，他父母决定搬到京都去。地震对作家的影响显然非常大，《神的孩子都在跳舞》就是大地震启发的短篇小说集。一九九七年五月，他一个人走在被地震破坏不堪的阪神间地区，在一九九八年刊行的游记《边境·近境》中发表了纪录。序文道：“写故乡很难，写受过伤的故乡更难。”当时的芦屋，在网球场里还有受灾者住的临时住宅。他走过母校精道中学，再走到原先住的房子之后，似乎精神上受不了了，忽然坐电车到甲子园棒球场看阪神虎的比赛去。

十年过去，阪神间地区从地震破坏后复兴的程度相当可观。文学方面的芦屋因缘也仍在继续。这些年在日本国内外均受到高评价的小川洋子，在畅销小说《博士热爱的算式》之后发表的《美奈的行进》就在描写芦屋的富贵家族，并获得了二〇〇六年的谷崎文学奖。故事发生在一九七二到一九七三年，芦屋西北部标高二百米的山区，总面积达五千平方米的西班牙风格洋房里。主人公美奈的奶奶是德国人，令人想起《细雪》里跟莳冈姐妹常来往的德国籍邻居。美奈上小学用的交通工具竟是侏儒河马，仿佛村上春树的寓言式小说。一九六二年出生的小川洋子跟村上是早稻田大学文学系的前后期同学，她也是长期的阪神虎大球迷，几年前因丈夫工作的关系搬去芦屋住。《美奈的行进》充满著作者对芦屋的文学界前辈明里暗里表示的敬意。作品里出现的图书馆，村上曾在《且听风吟》里描述过，他也说《海边的卡夫卡》的神秘图书馆之原型，就是长满爬山虎的芦屋图书馆。

二〇〇七年适逢《源氏物语》成立一千周年之际，谷崎纪念馆举办着特别展览“永远的男与女：润一郎三次现译《源氏物语》”。几乎同时，根据山崎丰子原作改编，而由一代明星木村拓哉饰主角的电视连续剧《华丽一族》席卷日本。我为台湾中译版写导读时候发现，在山崎原作里设定于芦屋山区的万俵公馆，意象取自关西大财阀、原神户银行总裁冈崎家从前住的豪宅，现实中就在神户市须磨区（如今作为须磨离宫公园植物园对外开放），恰是《源氏物语》的主人公被流放去的地方了。寻访芦屋文学因缘的冒险，到此绕过一整圈，似乎是搁笔的时候了。

一九七〇年代的起司蛋糕

当时真的很穷，家里没有电话、冰箱、洗衣机。
有大约半年时间，太太一个人上班赚钱去，
我则留在家里做各种家务。
发起闷来就到车站旁边的国分寺书店买旧书。
“在那段时间里，实在没事干，
我把讲谈社少年少女世界名作全集全看完，
至于‘谷崎润一郎’的《细雪》，从头到尾竟看过了三次。”
……

村上春树早期的短篇小说集《遇见百分之白的女孩》里有作品题为《起司蛋糕形的我的贫穷》，叙述的是，从一九七三年到一九七四年，作者夫妻二十四五岁时候曾在破烂房子过的幸福生活。在两条铁路汇合而形成的细长三角形台地上勉强盖的木造平房，前面后面都有列车开过，噪音厉害得不像样，除非当年他们俩“穷得可以登在‘吉尼斯纪录’上也不奇怪”以外，绝不会选择住的。尽管如此，《我们年轻，新婚不久，阳光免费》，连贫穷日子都觉得浪漫有味。

而且时逢一九七〇年代初。正如《且听风吟》《一九七三年的弹子球》等村上小说所描写，日本的“全共斗”学运已经遭受挫折，社会上却充满着青春后期特有的自由、开放、倦怠的气氛。年轻男女都留着长头发，穿着拖鞋、牛仔裤、花衬衫，弹着吉他唱美国民谣、反战歌。他们想做什么就做什么。用一句话概括，那便是日本版嬉皮时代。

当时的村上还没开始写小说，也还没有大学毕业，但是已经跟早稻田大学文学系的同学结婚。虽说小说和现实是两回事，村上后来写的也不是私小说，但是他夫人阳子的形象还是令人联想到《挪威的森林》的小林绿。总之，关西芦屋富裕家庭出身的小伙子和东京棉被店（而不是小说中的书店）的女儿成了家，要独立谋生过日子了。

刚结婚的时候，两个人在东京市区的太太娘家住过一段时间，然后搬了出来到西郊国分寺，租的就是两条铁路中间，在细长三角形台地上盖的那栋小木房。一九七〇年代初的东京，曾有过“中央线三寺”的说法。从“嬉皮首都”新宿一直往西延伸的国铁（后来经民营化成了 JR）中央线，沿线有三个火车站——高圆寺、吉祥寺、国分寺，是均有嬉皮集中居住的公社般地区。跟《挪威的森林》的主人公渡边一样，村上春树上大学以后，最初住的是右派分子经营的学生宿舍。离开那里，他就到“三寺”之一吉祥寺附近的三鹰租间房子一个人住下来，直到两年后结婚为止。从市区的棉被店搬了出来，他跟太太重新上中央线往西，在“三寺”之中最远的国分寺下车。

村上日后在散文《Good House-keeping》里回顾道：当时真的很穷，家里没有电话、冰箱、洗衣机。有大约半年时间，太太一个人上班赚钱去，他则留在家里做各种家务。村上当起家庭主夫“比约翰·列农都还早几年”。发起闷来就到车站旁边的国分寺书店买旧书。“在那段时间里，实在没事干，我把讲谈社少年少女世界名作全集全看完，至于‘谷崎润一郎’的《细雪》，从头到尾竟看过了三次。”

二十出头的村上春树“虽然没钱，但也不愿意上班”，决定在国分寺开家爵士乐酒吧。在今天的日本，“穷得可以登在‘吉尼斯纪录’上也不奇怪”的年轻人突然做起老板是连做梦都绝对不可能的事情。可是，在一九七〇年代初，日本的资本主义还处于比较单纯的阶段。两个人打工赚来了两百五十万日圆（当时合八千美元），从双方父母处也借来了一样多的钱，以总共五百万日圆（即一万六千美元）的资金，就能够在东京郊区较好的地段租二十多坪的店铺、做装修、拥有属于自己的小天地了。当年的“中央线三寺”，有许多构想类似的商店、餐饮店。一九七四年春天，在国分寺火车站南面的大楼地下，爵士乐酒吧Peter Cat开张了。字号取自村上曾在吉祥寺养的一只猫。《挪威的森林》的主人公渡边也养猫，它有挺奇怪的名字：海鸥。现实中的猫，名字还算正常：Peter。村上刚结婚时，把它也带去了棉被店。可是，在郊区吉祥寺的森林里捕捉野鸟、鼹鼠长大的老Peter，搬到市区后把附近商店摆的食品当作猎物，替主人丢尽面子，最后被村上的一个朋友收养去了。不过，村上对老Peter的感情是持续的。不仅新开的酒吧字号里有了它的名字，连火柴盒上都印有它的肖像。

——这就是《起司蛋糕形的我的贫穷》之背景，作品中贫穷而快乐的年轻夫妻之来历。现在，我有个疑问。当外国读者看这篇小说的时候，他们从“起司蛋糕形”这样的标题得到的，究竟是什么样的想象呢？

只要是亲身经历过一九七〇年代日本社会的人，我相信都对起司蛋糕的形状有非常清楚而深刻的印象。因为那是我们平生第一次吃的，不带甜蜜奶油的蛋糕。谁要吃不带甜蜜奶油的蛋糕呢？只有已经吃腻了甜蜜奶油蛋糕的人了！

直到一九六〇年代，在日本，蛋糕是一年里只吃得到两次（生日和圣诞节）的奢侈食品。对当年的小孩来说，用白色奶油做华丽装饰的圆形蛋糕，不仅看起来像在迪士尼卡通片里灰姑娘去参加舞会的宫殿，而且那甜甜蜜蜜油油腻腻的味道本身就是富裕美国的象征。然后，一九七〇年代初，市场上忽然出现了起司蛋糕这东西，使得日本人的蛋糕观产生哥白尼式转变。

首先，它不是纯粹的食品，倒不如说是时尚的符号。起司蛋糕不是住宅区的面包店卖给小孩的，而是都会繁华区的咖啡厅为年轻时髦分子推出的。从一开始，它神秘地有“生的起司蛋糕（rare cheese cake）”和“烤的起司蛋糕（baked cheese cake）”两种，令人摸不着头脑，但也不敢在别人面前承认，免得被认为是没文化的土包子。在日本，它是时尚杂志宣传推动消费市场的第一样甜品。接下来，一九八〇年代流行意大利甜品 Tiramisu，一九九〇年代菲律宾点心 nata de coco 和葡式蛋挞受宠，二十一世纪则出现美式肉桂卷热、港式芒果布丁潮。其次，起司蛋糕的味道，重点不在于甜而在于酸和浓。之前的日本人只吃过豆沙糕等甜点心和盐煎饼等咸点心；对于起司的味道，几乎完全陌生。战后曾吃美国救济食品维持过生命的一代，毕生忘不了当年对恰似肥皂的起司感到的恐惧；自然没有参与一九七〇年代的起司蛋糕热。当年二十几岁的婴儿潮一代，是对起司没有忌讳的第一世代日本人。一九四九年出生的村上夫妻正属于这世代。

再说，时髦咖啡厅为年轻男女提供的浓郁酸味点心，形状也走都会路线。它不同于上面戴着丝带般装饰的奶油蛋糕，不带任何装饰，却赤裸裸地屹立在咖啡厅的玻璃陈列窗里。尤其是“生的”一种，看起来很像米色黏土制造的抽象雕塑。本来圆形的起司蛋糕，沿着六条放射线，被切成十二等份的细长楔子形，视觉上产生令人焦虑的不稳定美感。因为切得特别细，它的相对高度被强调，结果造成悬崖一般的印象。——长话短说，起司蛋糕的味道和形状，在日本饮食风俗史上，可以说是一九七〇年代初期的代表。

我家住的东京都国立市跟国分寺邻接。有一天，我骑着自行车去国分寺火车站旁边的丸井百货公司买牛肉。你也许会问：买牛肉为什么要特地骑车去邻近国分寺的百货公司？难道家附近的超市没有卖？正如村上春树在散文《关于千仓》里说破过：东京缺少他家乡很丰富的两样东西：像样的大海和像样的牛肉。在东京要吃到像样的牛肉，非得下工夫追求不可的。总之，那天我使劲往百货公司骑车，踩上铁路轨道边的一条坡道。

具体来说，那是位于西武国分寺线轨道和日立公司中央研究所之间，专门为自行车和行人而修的柏油坡道。附近地势起伏非常多，高度变化相当大。在坡道最下边，西武线轨道高高挂在上空；在坡道最上边，它却走在跨线桥的遥远下方。当我差不多到了坡道正中时，旁边有两班列车同时开过来了。一班是来自西北边，跟我平行开来的西武线列车，另一班则是从前方的国分寺站直线开往西边的中央线列车。我仰看两条铁路轨道会合的地方，果然屹立着“生”起司蛋糕一般细长而居高的三角形台地！位于尖端一棵树后边的木造平房，南北两面的窗户都直接面对着铁路轨道。如果站在户外树荫下看风景，应该“感觉就像站在一艘行驶在海上，乘风破浪的驱逐舰的船头上似的”。

村上夫妻曾住了两年的木造房子，当年已经到处有空隙来风，冬天冷得成地狱，“天一黑，我跟她和猫就钻进被窝里，名副其实地拥抱着睡觉”。（这只猫不是Peter，而是他们来国分寺以后养的Muse。）三十多年后的今天，老房子仍然存在近乎奇迹。不过，好像已经没有人住了，如今涂成蓝色，看来被隔壁房子的居民当仓库用。

爵士乐酒吧Peter Cat在国分寺经营了三年以后，一九七七年迁到东京市区，也就是中央沿线的千谷去了。两

村上春树《听风的歌》日文原版封面
“起司蛋糕”形细长台地上盖的房子，两侧时有列车开过
村上春树曾住过的房子（右侧），如他所说之简陋与破旧

年以后，村上春树在附近的神宫球场看职棒养乐多燕子队的比赛时，忽然兴起了写小说的念头。每晚酒吧关门后，在厨房饭桌上一点一点写的小说，得到一九七九年的群像文学月刊新人奖。那第一部小说《且听风吟》和《一九七三年的弹子球》陆续问世后，他决定做专业作家，把经营了前后七年的爵士乐酒吧让给了朋友。

从来没当过上班族的村上春树，后来写道："人生所必要的事情，我全都在铺子里学到了。"每天切碎大量洋葱做洋白菜卷，调着鸡尾酒倾听醉客们发的牢骚，跟在店里工作的男女大学生打交道，曾经倾向于嬉皮的年轻人不知不觉之间成熟为大人，也提炼成小说家了。把铺子让给了朋友的同时，他也终于离开中央沿线这个他消耗了十余年青春岁月的地方，搬到东郊千叶县去。之后，经过好几年在欧美各地两夫妻双双漂泊的日子，他们最终定居在东京西南方，位于太平洋岸上的神奈川县湘南地区。

他说，把铺子转让之后，有差不多十年时间不想听从前那么酷爱的爵士乐。因为做酒吧老板时期，每天都得听连续好几个钟头的爵士乐，虽说自愿跟艺术相处，但其实他挺被动的。写起小说以后，自己主动创造作品世界的快感一下子迷惑了他。这感触使他对爵士乐有了矛盾的感情。尽管如此，毫无疑问，从一九七三年搬进国分寺的破房子到一九八一年翻身为专业作家，中间七年开爵士乐酒吧 Peter Cat 的日子，培养出小说家村上春树。贫穷时代夫妻曾居住过的，那起司蛋糕形台地上的木造房子，今天仍在于两条铁路轨道之间，如今好比是一艘无船长的驱逐舰。

七东京也无非是这样——鲁迅在日本的第一年

刚到日本的日子里，
二十出头的青年周树人最常走的一条路，
大概是：
由学校先看着溪流走到饭田桥，
然后拐左继续沿着神田川往东，
左边看到中国式庭院后乐园，
右边看到饭田町火车站……

“东京也无非是这样”，鲁迅在《藤野先生》的开头这样写着。那是他赴仙台读医之前，在东京弘文学院住校念书时期的感慨。

1 二十世纪初东京的中国人学校

弘文学院（后改名为宏文学院）是一九〇二年四月，嘉纳治五郎为中国留学生开办的私立补习学校。鲁迅同月初由南京经过上海抵达东京，乃该校第一届五十六名学生中二十二名寄宿生之一。学生年龄从十七到二十四岁不等，平均为二十五岁，虚岁二十二的周树人（鲁迅）算较年轻。

校址位于牛区（现新宿区）西五轩町三十四番地，离今日饭田桥火车站、地铁站，一直沿着神田川往西北拐弯儿走大约一千一百米，在西江户川桥南边的河岸上。这一带，如今在河上修了碍眼的高速公路，周围很多印刷厂、出版社仓库和高层公寓等密集；当年却是相当偏僻的郊区，附近江户川清流为东京名胜之一，夏天透过宿舍窗户，能看到水面上优雅飞舞的萤火虫。

二十世纪初的东京，还没有地铁不在话下，就连有轨电车也在一九〇三年，鲁迅到东京的第二年才开通了最初两条。市内交通网发展得比全国铁路晚；从东京西端开往市内的甲武铁道（现中央线），在当时只到饭田桥东边一点的饭田町站为止，还没有延续到市中心去。住宿在弘文学院的留学生们上街，除了搭人力车以外，到哪里都只好走路。其实，当时的年轻人个个都很会走路的；夏目漱石的《三四郎》、森鸥外《青年》的主人公，一出去就轻松走好几里路。

刚到日本的日子里，二十出头的青年周树人最常走的一条路，大概是：由学校先看着溪流走到饭田桥，然后拐左继续沿着神田川（这一段又叫做外壕）往东，左边看到中国式庭院后乐园（受明代朱舜水的影响，建设于十七世纪初），右边看到饭田町火车站，到了水道桥就过河而上河南骏河台坡道，马上在左边悬崖上看见清国留学生会馆（神田区骏河台铃木町十八番地，现神田骏河台二丁目）。总距离两千三百米，走路需要半个多钟头。一九〇二年三月底，也就是周树人抵达东京的前几天，以清公使蔡钧为总长，以留学生监督钱恂为副长，刚刚成立的留学生会馆，由一栋洋房和两栋日本房子加上院子而组成，看当时的照片挺有气派的。若是某一天他在路上改变了主意，从水道桥往南走的话，十分钟就抵达神保町书店街；当时新旧书肆已超过一百家。

2 身兼柔道家和教育家的嘉纳治五郎

嘉纳治五郎（一八六〇——一九三八）的名字，在今天的日本，以现代柔道的创始人而闻名。出生在摄津国御影村（现神户市东滩区御影町）老字号清酒酿造厂，他从小聪明却个矮虚弱，因而对武术特别有兴趣。到东京上帝国大学（现东京大学）期间，他找几位师傅练过传统柔道，并深入研究了如何借用对方的体重与力气，以致小个子都能够把大汉背起来抛出去，换句话说是“柔能制刚”。同时，他也整理出规范化的指导方法。毕业以后，嘉纳一方面开家塾照顾亲戚朋友的孩子们，也创立弘文馆传授英语，另一方面为普及现代柔道而设立讲道馆。如今奥运会固定项目“柔道”，就是他创始的。由著名导演黑泽明搬上银幕，后来又拍成电视连续剧颇受欢迎的小说《姿三四郎》，即以讲道馆为背景；主人公姿三四郎的师傅矢野正五郎的原型，则是嘉纳治五郎其人。

他在教育界，前后担任贵族学校学习院的副校长，第五高等学校（九州岛熊本县）的校长等重要职务。一八九三年，任高等师范学校（东京高师）校长以后，总共当了二十六年的校长。东京高师培养全国的中学教员，其校长则负责全日本的中级教育。甲午战争刚结束后的一八九六年，当头一批中国公费留学生十三名来到东京之际，外交部长兼教育部长西园寺公望，把他们的教育委托给嘉纳治五郎；从此他担负起中国留学生上高等专门学校之前的补习教育了。

嘉纳在水道桥南边的神田三崎町租间房子，叫高师的英文系教授（也是他在柔道上的弟子）本田增次郎照顾留学生，乃师生一起生活学习的私塾形式。一九九九年，为了接受湖广总督张之洞派遣来的留学生，在南神保町另开的亦乐学院又是小规模的私塾，由日文学者三矢重松当了教育主任。一九〇一年，即鲁迅作为两江总督刘坤一派遣的南洋官费生来日本的前一年，北京警务学堂派来二十六名旗籍学生。由于留学生日趋增加，嘉纳决定在稍微偏僻的西五轩町租近一万平方米的宅地，正式开办私立学校弘文学院，并且在校园内设了校长的住房。这时，讲道馆会员已多达六千五百名，在他家塾和高师念书的学生也很多，嘉纳还是决定住在弘文学院里，可见他重视中国留学生的程度。当时，还有成城学校（陆军预备学校）等几所学校在接受中国来的留学生，但是在弘文上课的学生最多。

（我是高师后身东京教育大学附中的毕业生。记得入学典礼上，副校长重复地讲到嘉纳治五郎先生而强调：不仅在我校历史上，而且在近代日本教育史上，嘉纳先生都是最重要的人物。后来，在社会上听到嘉纳治五郎的名字，却无例外地作为柔道大师，几乎没人讲到他在教育界的成就，教我长期想不通。原来他是真正文武兼备的奇特人物。）

弘文学院的课程，时间最多的是日文，其次便是体操，另外有地理、历史、数学、理科、图画、英语等。嘉纳治五郎当校长的学校，果然也传授柔道。鲁迅入学的第二年即一九〇三年三月，在弘文校园内开设了讲道馆牛分道场；成立后第一本名单收录的三十三名成员里，就有周树人亲自签

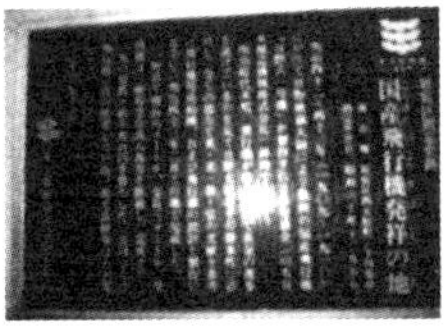

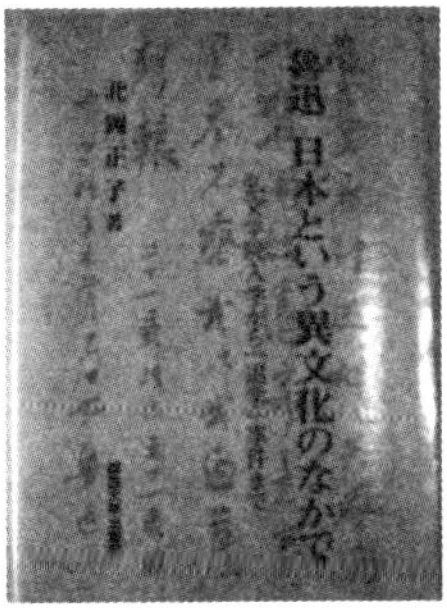

国产飞机发祥地的说明牌 / 弘文学院旧址 /
讲道馆牛込分场誓文（有周树人的署名） / 北冈教授的书 /
清国留学生会馆旧址 / 嘉纳治五郎，弘文学院时期的名字。由于校长嘉纳治五郎的关系，包括这名单在内的弘文学院资料，至今仍保管在日本柔道的中心讲道馆资料部。关西大学北冈正子教授在著作《鲁迅——于异文化的日本》中，仔细报告调查结果。

3 鲁迅对东京感到忧郁与失望

看北冈教授的书，鲁迅说“东京也无非是这样”表示忧郁与失望，果真有原因。《藤野先生》开头写：“中国留学生会馆门房里有几本书卖，有时还值得去一转；倘在上午，里面的几间洋房里倒也还可以坐坐的。但到傍晚，有一间的地板便常不免要咚咚咚地响得震天，兼以满房烟尘斗乱；问问精通时事的人，答道，‘那是在学跳舞’。”《范爱农》的开头又写：“在东京，我们大抵一早起来就看报。学生所看的多是《朝日新闻》和《读卖新闻》，专爱打听社会上琐事的就看《二六新闻》。”这些记述原来都有典故。

鲁迅到弘文学院以后两个多月就发生的“二六事件”，乃该报一九〇二年六月二十二日号到二十四日号，分三天刊出了题为《妖魔出没的清国留学生会馆》之“社会琐事”报导。文章说：广东省出身的留学生汤某带日本籍卖淫妇到会馆，派出伙计去外面叫西餐、啤酒、水果等给送来，然后双双关在房间里，男弹风琴女唱歌，腐败堕落至极等等；教人想起鲁迅所写的《咚咚咚》。

当第一篇文章登出来之际，会馆干事和汤某本人马上根据当年日本的新闻条例，要求《二六新闻》取消该则报导。然而，报馆方面举具体事实来做反驳，坚决拒绝取消要求。看起来，恐怕本来就不是瞎编的，不过文章语气对中国留学生明显很不友好，甚至让人怀疑出于恶意。全体留学生六月二十八日召开临时大会，为了保护会馆名誉，决定除名汤某，同时剥夺学籍而叫他离日了。毕竟，会馆规则不允许留学生在食堂举行宴会以外的场合喝酒。这一次的临时大会是自从同年三月三十日开馆以后第一次开的大会。可想象，留学生们平时在日本社会的不友好眼光里过着日子了，还要处理这种事件，心中会是何种滋味。

另外，“二六事件”之前，亦发生过“支那亡国二百四十二年纪念会”案件。冯自由等共十人发起，由章太炎撰写宣言文，计划于明朝灭亡二百四十二周年的农历三月十九日（这年逢阳历四月二十七日）在上野精养轩西餐厅（今天仍在不忍池边营业）举行反清纪念会。然而，清公使事先得知他们的计划，要求日本官方加以取缔。四月二十六日，发起人已由警方得到了禁止的通知，但是不解详情的留学生们还是按照原定计划纷纷来上野公园，结果被多名警察驱散。

本来报名要参加集会的留学生多达数百名，相当于当时留日学生的大部分；加上，发起人冯自由等就读的东京大同学校，位于跟弘文学院几乎邻接的东五轩町。鲁迅虽然刚到东京不久，但是对事件的始末应当熟悉。二十多年后在《藤野先生》第一段，他写道：“上野的樱花烂漫的时节，望去确也像绯红的轻云，但花下也缺不了成群结队的‘清国留学生’的速成班，头顶盘着大辫子，顶得学生制帽的顶上高高耸起，形成一座富士山。”文中描述正符合一九〇二年“支那亡国二百四十二年纪念会”事件发生的季节。

同一年七月二十一日，嘉纳治五郎代表日本教育界往中国出发，直到十月十七日，在北京、上海、武昌、长沙、南京等地考察了中国的教育情况并跟有关官员交换了意见。回日本后，在弘文学院第一次举行的毕业典礼上，他为湖南省速成师范班毕业生所致的词，引起了旁听生杨度（湖南游历官）的强烈反应。嘉纳同意改天在自己家跟杨度继续谈话。他们共进行三次关于中国教育问题的对话内容，后收录于梁启超在横滨发行的《新民丛报》第二十三及二十四号。

4 被激发民族主义情绪

嘉纳治五郎在日本教育界的成就是有目共睹的；他当校长的东京高师和做顾问的神户滩中学均以自由开明的校风闻名；当时刚考察回来，对中国社会的状况也应比谁都理解。

然而，作为官方人物，他始终未能摆脱时代的局限。具体来说，嘉纳从不质疑满族统治全中国，并且不赞成学生们提倡的激进改革，结果严重地伤害汉族留学生的民族感情，导致杨度批判弘文学院“进行奴隶教育”。

总而言之，汉族青年周树人在晚清时期的东京，心情不快活是容易理解的。不仅是他，很多留学生对学校当局颇感不满。一九〇三年三月在弘文学院发生的散学事件，周树人也有参与。他就在那一段时间里剪掉辫子。事后送给了同学许寿裳的照片后面写着著名的《自题小像》：灵台无计逃神矢／风雨如盘黯故园／寄意寒星荃不察／我以我血荐轩辕。

那是他到东京整整一年以后的心情。可见，他被日本的环境激发了民族意识。不久，他开始在《浙江潮》杂志上发表科学小说的翻译等。过一年，毕业于弘文学院速成普通科，转去仙台读医。好友许寿裳则继续在嘉纳门下读东京高师。爱国青年周树人在仙台待了一年半以后退学而重回东京时，已坚定决心全力投入文艺运动了。

弘文学院的历史并不长，才七年而已。一九〇五年，清政府终于废止科举，留日中国学生人数以一万人创了最高纪录。然而，同一年，日本文部省发布的留学生取缔规则引起多数人的不满，竟导致两千名留学生同时回国。从此留日学生大幅度减少，加上中国也开了许多新式学堂，停止派出速

东京内山书店

成留学生；弘文学院的历史使命逐渐到了头，一九〇九年，跟鲁迅离日同一年的七月二十八日，正式停办了。嘉纳校长一家人也搬出住了七年的弘文学院。这年夏天，他被选为亚洲第一位奥运委员。

当最后一批留学生离开后没多久，校址就翻身为飞机制造厂。从一九〇九年到一九一〇年，日野熊藏陆军大尉在此地开发了日本第一架飞机。今天，作为新宿区政府指定的史迹，钉着“国产飞机发祥地”的说明牌，间接地标志鲁迅住了两年的“西五轩町三十四番地”。但是，甚少有人知道，一百年前曾在这儿有弘文学院，培养了总共七千多名中国学生，其中不乏陈独秀、秋瑾等名人。至于清国留学生会馆，早已完全没有了痕迹；在同一地点，如今有小提琴教室。毕竟，二十世纪的东京遭到了几次大破坏：一九二三年的大地震和一九四五年的美军空袭几乎把整座城化为灰烬；一九六四年的奥运会和八〇年代末的泡沫经济也使得东京面目全非。在这儿寻找一百年前的踪迹很不容易。

另一方面，今天走走神田一带，还会发现二十世纪初的中国留学生留下的一些影响。例如，鲁迅、周作人兄弟爱逛的神保町书店街，除了至今集中东京的中文书店（包括鲁迅后年在上海交的好友内山完造，他弟弟嘉吉开办的东京内山书店）以外，也有些老字号中餐馆。比方说，位于铃兰通内山书店对面的扬子江菜馆，是一八九六年由宁波出身的老板开张的。说不定，鲁迅早年也光顾过。

童谣诗人之死

我伸开双臂，也不会飞翔于天空，
但是，会飞翔的小鸟，却不会像我跑于地面。
我摇动全身，也响不出悦耳声音，
但是，响亮亮的铃铛，却不像我知道很多歌……

二十世纪初，日本有个女诗人叫金子美铃（Kaneko Misuzu），从二十岁起的几年里，发表了上百篇童谣诗，一度名气相当大，却由于个人生活中的不幸，仅仅二十六岁就自尽。后来的半世纪，她几乎被人忘记，直到有个后辈在偶然的场合看到一篇老作品，深受感动之余，踏上了发掘她作品及生涯的漫长旅程。

经过十六年的探索，童话作家矢崎节夫终于联系上了美铃的弟弟，原来是著名儿童剧团若草的创办人上山雅辅。姐姐去世后五十年，他一直保留着她亲手写的作品集三本，总共录有五百一十二首童谣诗。第二年（一九八四年），金子美铃全集问世，让很多人惊讶，因为半世纪前的淳朴作品，由后人看来都特别新鲜，奇妙地富有现代感。

1 美铃的童谣诗

当初震撼了矢崎的那首诗《大渔》，如今常常在电视儿童节目里播送，美铃其他作品也登在小学语文课本上，给全国的小朋友们朗诵，可以说是脍炙人口了。

《大渔》
朝霞小霞
大丰收
大羽沙丁
大丰收

滩上热闹
如庙会
海里却为
几万条
沙丁要办
葬礼了

《鱼儿》
海鱼很可怜

大米有人种
牛在牧场养
鲤鱼在池塘
有人喂面筋

但是海鱼呢
没人照顾它

一点不调皮
这样被我吃

鱼儿真可怜
《土》
砰砰砰砰
被打的土地
成为好田地
生产好麦子

从早到晚
被踏的土地
成为好马路
让车子通过

不被打的土地
不被踏的土地
是否没用？

有用有用，它
为无名花草
提供住宿呀

2 鲸鱼的故乡

金子美铃（本名金子照Kaneko Teru），一九〇三年出生在日本山口县，离下关市（旧名马关）大约七十公里的仙崎村。她的故乡是很繁荣的渔村，正如《大渔》描述，当时主要捕沙丁鱼；从十七到十九世纪曾为捕鲸鱼的大基地。

美铃作品中充满的对大自然之爱，显然受了故乡民间文化的影响。位于仙崎村对面青海岛向岸寺的“鲸墓”，埋有七十多头鲸鱼胎儿。渔民认为捕大鲸鱼是他们的生业，但是连累了胎儿实在对不住，因而隆重埋葬，至今每年都为它们举行法事。

《鲸法会》
鲸法会办于春末
飞鱼到来的季节

滩上寺庙的钟声
摇摇渡水面传来

渔民都穿上礼服
往寺庙赶路时候

海上有条小鲸鱼

听到传来的钟声

想念已经不在的
父亲母亲而哭泣

渡过大海的钟声
响到大海何处去

3 书店的女孩

美铃家有哥哥坚助和弟弟正佑（雅辅是笔名），分别比她大两岁，小两岁。父亲到中国营口经营书店，在美铃三岁的时候，客死于异乡。一岁的弟弟过继给下关市的姨母（母亲美智的妹妹），留下来的姥姥和母亲则在仙崎大街上开办了书店——金子文英堂。两边隔壁是酒店和鱼店，斜对面有邮局。现在那条街已命名为“美铃通”。

下关的姨父上山松藏开着好几家书店（美铃父亲本来负责的营口一家也是分号之一），在大连、旅顺、青岛都有店铺。他让美铃的母亲在仙崎经营一家店；一方面是为了给她营生能力，另一方面也有扩大生意的意图。金子文英堂是仙崎村唯一的书店，经销学校课本、普通读物、杂志、文具。连广播都还没有开始的时代，书店是当地的文化中心之一，金子家二楼亦为书法班提供场地。

虽然父亲不在，金子家的生活并不贫穷。兄妹都七岁上小学，美铃更跟师傅学三味线（日本三弦）。和渔民孩子相比，书店的孩子聪明早熟，每年成绩第一名，连年做班长。

《书》
与大海
除了我，谁有呢？
各种书，这么多

除了我，谁知道
中国印度的故事？

不看书的孩子们
无知的小渔夫们

大家都去海边玩
我一个人要看书
大人在睡午觉时

如今他们在海边
冲冲浪呀，潜水呀
玩得快乐如人鱼

人鱼国的老故事

我在书里看到时
想要到海玩去了

忽然很想玩去了

哥哥坚助在六年制小学毕业以后就帮助母亲做事，十五岁做了户主。他虽然离开了学校，但是很热心于自学；一会儿拉小提琴，一会儿制造矿石收音机，一会儿打起麻将，在渔村享有摩登文人的地位。美铃小学毕业后则报考四年制女中被录取，每大来回走六公里的路上课去了。同学们印象中的她是安静好读书的女孩子，仍旧每年当班长。

一九一八年，全世界流行西班牙型感冒，下关的姨母不幸得病去世了。按照当年日本的习惯，上山松藏决定娶亡妻的寡妇姐姐（即美铃的母亲美智）为后妻。美铃读女中四年级的夏天，母亲再婚去下关；仙崎金子家只留下姥姥、坚助和美铃了。

4 三个人的文学沙龙

光是母亲再婚，对十六岁的美铃影响可不小，何况下关上山家有她的亲生弟弟正佑。他很小便被上山夫妻收养，不知道自己是个养子，一贯把生母当作姨母，把亲哥亲姐当作表哥表姐长大的。这时谁也料不到，正佑出生的秘密将造成大家很大的困扰。

美铃在女中的毕业典礼上代表全体毕业生致了答谢词。老师劝她到奈良读女子高等师范学校，但是她谢绝。哥哥小学毕业就做事，她哪里好意思一个人到外地升学呢？美铃开始在金子文英堂帮忙；下午常坐在店铺里，给小孩子们讲的故事很受欢迎。

当时在下关念商业学校的正佑，开始常来访问“表哥表姐”了；大概是由于亲生母亲美智想让他们多点来往，即使在表兄姐弟的名义下。

从下关到仙崎，当年坐船需要七个钟头，坐火车后徒步也要花上大半天。正佑还是每逢假期一定要来仙崎，为的是跟坚助、美铃谈谈文学、音乐、电影，或者玩扑克牌，去海里游泳。他爱好作曲，在一个暑假里竟完成过二十五首歌。他后来回想那段时间说：“三人在一起，像个文学沙龙，真教人快活。”

两年过去，坚助跟美铃的同学结婚；母亲建议美铃搬来下关。

二十世纪前半的下关市，是拥有全国第二大火车站和国际港口的大城市，享有“小东京”的别名。火车站月台直接通达开往釜山、上海方面的客轮剪票处。附近有西式大饭店、剧场、银行、外国领事馆等大建筑，气派非凡。

《纸拉门》
屋里拉门像大楼
白色美丽石头楼

摩到天的十二层
房间共有四十八

一个房间有苍蝇
其他全部都空房

四十七个房间里
到底谁要住进来

有个窗户打开着
哪个小孩要露头

——窗户洞是我开的
闹别扭时用指头

长昼一人在观览
窗户那边蓝天空
忽而阴沉一阵子

一九二三年四月，二十岁的美铃从渔村仙崎搬到大都会下关市，在红砖头银行隔壁的上山文英堂二楼住下来，白天去设在商品馆（购物中心）内的小分店掌柜台。正佑则刚学校毕业，五月就往东京学书店经营去了。走之前，他完成自己作曲的童谣集《铃兰梦》，歌词则请美铃填写。

5 日本的童谣运动

日文所谓的“童谣”是一九一八年由夏目漱石的弟子、作家铃木八重吉推出的新概念。他在童话童谣杂志《赤鸟》的创刊词中说：“今天的孩子们所唱的歌，在艺术家看来，全是低级愚昧的。为了给世上的小朋友们创作真有艺术价值的纯丽童话和童谣，我想发起新的运动，决定发行《赤鸟》月刊。”他的呼吁受到第一流艺术家们的热烈支持，芥川龙之介、谷崎润一郎、佐藤春夫、岛崎藤村等著名小说家、诗人，都纷纷提供了作品。

正逢第一次世界大战刚结束后，自由主义风靡全球的时代，在日本则是短暂的“大正德谟克拉西”“大正浪漫”时期。教育界出现了艺术教育运动：有画家山本鼎开始的儿童自由画运动，有作家坪内逍遥提倡的儿童剧等。

在音乐教育方面，明治维新（一八六八年）以后的日本学校全盘否定了传统的民间童歌。教室里教的“文部省唱歌”，是西洋旋律填了文言文的国家主义说教歌词，内容无趣得很，一离开课堂就没有人要唱的。尤其是歌词的低劣以及完全脱离儿童的感情生活，让有良心的文人们悲愤填膺。于是铃木八重吉上门亲自拜访诗人西条八十，邀请他为《赤鸟》杂志写诗，这是日本童谣史的起点。

在《现代童谣讲话》一书里，西条八十写着：童谣首先应该是“诗”，而且是艺术家直觉地观察人生时，自己真正受感动的内容，用儿童易懂的口语写下来的“诗”。

《金丝雀》西条八十
不唱歌的金丝雀，丢到后山去好吗？
不，不，那可不行

不唱歌的金丝雀，埋在房后丛好吗？
不，不，那也不行

不唱歌的金丝雀，用柳鞭抽打好吗？
不，不，那太可怜

不唱歌的金丝雀
象牙船和银子桨
月夜海上划出去
一定开始再唱歌

西条八十解释说：作品中的金丝雀就是有一段时间为了生活而放弃写作去从商的他本人。虽然是给小朋友们写的童谣，但无论是作者的创作态度，还是写出来的作品程度，都绝不是哄小孩的玩意了。

一九一八年，《赤鸟》创刊时，美铃十五岁。杂志上每月刊登西条八十、北原白秋等著名诗人写的童谣。一九一九年《金船》（后改名为《金星》）发刊，一九二〇年《童话》跟上；由三大童话童谣杂志带领的儿童文艺运动势如破竹，不仅让全国的小朋友们快乐，而且为各地有为的青年们开辟了新的艺术创作领域。在离东京一千公里的下关、仙崎，美铃、正佑都很热心地看每一期的杂志，何况每份都接受读者投稿的作品。正佑写童谣曲子请美铃填词，是在这么个时代氛围里。

《赤鸟》的童谣栏由北原白秋主宰，《金船》由野口雨情负责，《童话》则是西条八十的领土。三位诗人的风格各不相同：北原名气最大，野口是乡土派，西条的象征派风格当年显得很摩登。美铃私淑的是西条八十。

6 童谣诗人金子美铃诞生

正佑去东京后不久，一个人坐在书店分号里，美铃便开始写了自己的作品。一九二三年六月，平生第一次以“金子美铃”的名字，把写好的作品投稿给四份杂志：《金星》《童话》《妇人俱乐部》和《妇人画报》。其中，只有《金星》的选者是野口雨情，其他都是西条八十负责的；显而易见，她要心中偶像西条看自己的作品。寄信人地址为：下关西之端町商品馆内金子美铃。

美铃本人，生前一贯用平假名写笔名“みすず”而从来没用汉字写过。她取了这笔名，因为喜欢日本和歌中固定修饰信浓国（现长野县）的枕词“みすず刈る”的读音，本义为“割—水篶”。所以，用汉字写她笔名时，写成“金子水篶”该最合适。但是，自从台湾翻译出版她作品集以后，中文世界全用“美铃”两个字，也不无道理；一来，日本女孩名字“Misuzu”，最多用的汉字组合是“美铃”。二来，她写过一首令人难忘的诗，就叫做《我和小鸟和铃铛》。

《我和小鸟和铃铛》
我伸开双臂
也不会飞翔于天空
但是，会飞翔的小鸟
却不会像我跑于地面

我摇动全身
也响不出悦耳声音

但是，响亮亮的铃铛
却不像我知道很多歌

铃铛、小鸟，和我
都不一样，都很棒

三个月后，九月号的杂志从东京邮寄过来时，美铃就高兴得哭出来了，因为四份杂志都刊登了她作品。《童话》的选者西条八十写选后感而道：

“在大人作品里，金子小姐的《鱼儿》和《打出小槌》吸引我。虽然在选字和调子方面还有不少地方我并不满意，但是一种暖暖的人情味包容着全体作品似的。这感觉跟英国女诗人 Christina Rossetti 的作品一样。闺秀诗人全无的今天，希望金子小姐会努力下去。”

7 难以控制的感情

五月去了东京的正佑，九月一号遭遇大地震，十月就回到下关来了。他和美铃都住在上山文英堂总号二楼，下班后通宵彼此聊创作。这时候的美铃跟几个月以前不一样，已经是著名杂志上发表作品的诗人了。正佑对她既尊敬又爱慕，常常一起出去看电影、买乐谱。对美铃来说，正佑也是很好的伙伴。但是，在上山文英堂，两人身份是不平等的。一个是户主的长子；一个是继女兼雇员。美铃要称正佑为“少爷”。

第二年（一九二四年）的一月到六月，《童话》杂志每期都刊登了好几首美铃童谣。西条评她作品说：“金子小姐有作为童谣作家最可贵的素质——想象力之飞跃。这一点是别人难以模仿的。”全国读者对她作品的支持也非常强烈，杂志通信栏每月刊登他们鼓励美铃的文字。也有不少人直接来信到下关商品馆。

随着美铃名气的急升，正佑对她的感情越来越难控制。他们是十九岁和二十一岁；而正佑不知道美铃是亲姐姐。若真是表姐弟的话，结婚是可能的。美铃觉得很为难，但是又不可说破他出生的秘密。

正佑学校毕业工作以后，逐渐开始怀疑自己跟父亲之间是否真有血缘了；上山松藏是天生的商人，正佑本人却对艺术的兴趣压倒一切，导致两人格格不入。一九二五年五月，他收到的征兵通知书上写着“养父松藏”。果然如此，却不敢直问究竟真正的父亲是谁；正佑心情很差，跟松藏的矛盾更加深化。这时，能安慰他的只有美铃。两人过分亲密起来，让父母非担心不可。危险的恶性循环已经启动了。

为了打开头疼的局面，松藏要让美铃嫁出去，也许不是没道理的决定。然而，他选的亲家就很有问题了。当时刚开始在上山文英堂工作的雇员宫本启喜，比美铃大两岁，曾在九州岛博德的股票界混过多年，由于跟一名妓女殉情未遂害对方丧命，而躲到下关来。松藏是彻头彻尾的商人，对他来说生意始终最重要。既然正佑在这方面还不可靠，暂时让继女美铃和员工结婚而当夫妻总管，等到正佑成熟以后，再由他正式继承家业也来得及——松藏是这样考虑的。

亲事背着正佑进行。美铃不能拒绝，因为松藏是户主兼继父兼老板，家中权力比谁都大。再说，假如她拒绝，母亲美智的处境定会特别困难。她只好说：请按照姨父的想法去办事。宫本方面则没理由不接受。婚礼日期定为一九二六年二月十七日。

正佑一月六日才知道美铃快要跟宫本结婚了，生气之余，写两封建议书给暂时回仙崎的美铃。他反对美铃结婚，想逼她说出“我也不想”。美铃自己虽然心中很不愿意嫁给宫本，但是对正佑，她只好说：“我得跟着潮流走。”二月二日，两人在仙崎见面。正佑问道：“你心中真的没有人吗？”美铃回答说：“现在有，是穿着黑色长衫，带镰刀的。”正佑一时不明白她暗示了西洋死神，紧跟着说出最根本的疑问。“你是不是我的亲姐姐？”美铃盯住了他脸一阵子，然后点了头。结婚前，美铃把自己写过的大约三百五十篇童谣诗亲手抄成两本作品集《美丽的小镇》和《天空的妈妈》给正佑看了。他对每一篇的感想记下来后给她寄回去。附信最后一句说："谢谢，诗人美铃女士！"

8 残酷的字句

美铃跟宫本的婚礼，照原定计划举行；新婚夫妻在书店二楼开始了新的生活。可是，从一开始，他们的日子就很不平稳，因为正佑和宫本关于生意问题频频发生冲突。四月一日，正佑离家出走。加上宫本在柳街花巷认识的女人出现了上山文英堂，使松藏生气至极。美智认为：本来就是松藏决定的亲事，既然他跟宫本闹了别扭，让美铃离婚也行，反正结婚登记都还没有正式办理。可是，这时候，美铃肚子里其实已经有了孩子。不能离婚，也不能留在上山文英堂，美铃只好跟着宫本搬出去，在下关市内偏僻的地区租了房间。正佑则回家来。

一九二六年九月，正式登记结婚，十一月长女房江出生了。虽然夫妻之间的感情不和睦，但是新生儿给年轻母亲美铃带来了无比的幸福。她带着房江探视母亲，正佑看见美铃喂婴儿的样子，讽刺地说："你变成平凡的女人了。"这句话对美铃的刺激非常大，她竟写了总共十三页的长信给他；

正佑的回信也一样长。在回信中，他又直率地表达对美铃的失望："你的文才，跟你的容貌或家务能力相比，是可贵得多了。然而，我的恩人金子美铃，伟大的天才金子美铃，呜呼，年纪轻轻你已经过去了。由我看来，金子美铃是个故人了。"尽管他的激烈词句来自对美铃的深刻爱情，那还是多么残酷的字句！

实际上，结婚以后的美铃，在忙碌的生活中，仍然一点一点抽空创作的。新作品主要发表于西条八十主宰的杂志《爱诵》上（《童话》已停刊）。一九二六年七月，《日本童谣集一九二六年版》问世，跟著名诗人的作品一起，收录了美铃的两首诗《大渔》和《鱼儿》。日本童谣诗人会在前一年由三十三名诗人组成，其中女成员只有一名，乃四十多岁名气大的与谢野晶子。这次两篇作品被录用，二十三岁的美铃成了第二名女性会员了。

一九二七年夏天，美铃私淑多年的西条八十从东京往九州岛演讲的路途经过下关，在火车站月台上跟美铃相见。她背着房江赴约的模样，西条事后回想写道："作品里展开的华丽幻想不逊于英国 Christina Rossetti 的年轻女诗人，第一印象却仿佛路边小商店的老板娘。可是，她容貌端丽，眼睛则如黑曜石一般暗暗地发光着。"西条马上要走，当他往客轮剪票处走过去时，美铃挥着白手绢送走了他。西条看出了美铃家计窘迫。宫本离开上山文英堂以后找不到工作。这段时间，三口子搬家几次，有段时间甚至到九州岛熊本县宫本老家暂住过。一九二七年年底，回到下关，开始了卖粗点心的小生意。美铃每周几次跟房江一起去市内的远亲高桥歌子家；当她们母女来玩，高桥就把幼小的女孩带去公共浴池了。美铃不敢开口明说，但是丈夫在柳街花巷得来的淋病侵蚀着美铃的身体，她不能跟女儿一起泡在浴缸里的。

9 对诗人的死刑宣告

一九二八年七月，正佑得到松藏同意，往东京实现自己的梦想去了。他在文艺春秋出版社《映画时代》杂志编辑部找到了差事，业余时间学习写电影剧本。正佑离开下关，美铃身边没有了创作上的伙伴；丈夫本来就不理解文学艺术，加上跟美铃感情不和，趁正佑不在，竟禁止她写作，也不允许跟文学上的朋友们通信了。这简直是对诗人金子美铃的死刑宣告。在她来说，写诗跟写日记没有两样。即使在婚后的艰苦日子里，她写过代表作之一《我和小鸟和铃铛》，也写过《喜欢一切》。

《喜欢一切》
我要能够喜欢上
一切一切和一切

葱和西红柿和鱼儿
我要都能喜欢上

我家饭菜全都是
妈妈亲手做好的

我要能够喜欢上
一切一切一切人

医生抑或是乌鸦
我要都能喜欢上

这个世界全都是
老天亲手做好的

进入了一九二九年，美铃因为病情严重，常常不能起身，往往连续几天都得躺在床上休息了。她拿起笔来开始抄写最后的作品集。除了结婚前给正佑看过的两本（《美丽的小镇》和《天空的妈妈》）以外，这次还有一本《寂寞的王女》，收录了结婚后的作品一百六十二篇。从夏天抄到秋天，完成了两套共六本；一套要寄给恩师西条八十，一套则要送给正佑。只要世上有他们两个能理解自己的作品，美铃就满意了。在作品集最后，她写《卷末手记》而道：

完成了
完成了
可爱的诗集完成了
对自己这么说
也快活不起来
多么寂寞

夏天过去
秋天已深
针线活余写来
心中一味空虚

到底要给谁看
自己又不满意
多么寂寞

（呜呼，直到最后
没看顶峰就下来
山影消于云彩间）

无论如何

虽然知道没有用
但在深秋夜灯下
一心一味诚挚地
写到此时此刻来
从明天起
该写什么
多么寂寞

被丈夫禁止写童谣诗，身体又因淋病日趋虚弱，美铃仍然在生活中不停地发现语言之美。抄完作品集后，她马上开始收集心爱的女儿房江的话语了。她刚满三岁，说起话来实在可爱。尤其从母亲美铃看来，她说的每一句话，简直跟珠宝石一样可贵。在袖珍日记本的扉页上，她题了《南京玉》三个字，指的是玻璃串珠。第一页上写：

《南京玉》
南京玉有各色样
一个一个好可爱
虽然不是高级货
拿线串来真有趣
孩子说话也一样
一句一句好可爱
别人以为没什么
给我带来大乐趣

一句一句记下来
实在幸福无比了
南京玉有黑有白
只要孩子说的话
即使一点没内容
跟“诗”一点不沾边
只要孩子“创作”的
我要全都记下来

从一九二九年十月底到三〇年二月九日，在生命最后的几个月里，美铃收集的房江话语共有三百三十四首。每一句话上都有编号

（九）红雨伞，小雨伞，是房江的。白雨伞，大雨伞，是妈妈的。

（五〇）麻雀的家，妈妈麻雀穿蓝衣服，姥姥麻雀穿黑衣服，房江麻雀穿红衣服，爸爸麻雀不在家。

（一三七）爸爸还不回来，纸人说寂寞，寂寞。

金子美铃（二十岁时）/ 金子美铃与弟弟正佑于自杀前夕留影 /
北原白秋（右）和西条八十 /
杂志《别册太阳》，为美铃诞生一百周年制作纪念特辑

10 “再见了，我们的选手！”

丈夫拈花惹草的恶习不变，美铃忍无可忍，终于下决心离婚。宫本已有新欢，马上同意，二月二十七日就办了手续。美铃唯一想要的是房江。然而，根据当时的法律，孩子的亲权只属于父亲。宫本并不是非要房江不可，却以她为借口向上山家要求金钱。

青霉素还没发明的时代，淋病是致命的，除了腹疼、高烧外，病菌进入了血液，还会引起关节炎、腱鞘炎、心内膜炎、肝炎等合并症。美铃离婚后去医院看病，但是连挺身走路都已有困难。害她身体到这地步的可恨前夫来信说：“三月十日我过去接房江。”教美铃绝望了。

三月九日，美铃上午跟房江到高桥歌子家作客；午饭后，把女儿托给母亲，单独去照相馆留影；回来的路上买了樱花糕；晚饭后，帮房江洗澡时，唱过很多歌；从洗澡间出来，和母亲、松藏、房江四人吃樱花糕；先送女儿跟姥姥上去睡觉，接着自己也上楼休息。站在房间外边看着房江说：“她睡的样子多么可爱。”这是美铃生前说的最后一句话了。

到了自己的房间，美铃写了三封遗书，分别给宫本、母亲和松藏与正佑。给宫本的信道：“你一定要带走房江的话，我也没有法子了。但是，你能给她的只有金钱，而不是精神粮食。我希望她长大后拥有丰富的心灵。”给母亲和松藏的信道：“我们夫妻性格不和，我未能满足他。结婚后，他一直在外边有女人。我不怪他，但是无法一起过日子了。请好好照顾房江。我现在的心情跟今晚的月亮一样平静。”至于留给正佑的遗书，最后一句说：“再见了，我们的选手，勇敢地往前走！”

把三封信和遗像领取证放在床边，一代童谣诗人金子美铃一口气吞下了安眠药。年仅二十六岁。

美铃离开诗坛的时候，日本童谣运动的最盛期也差不多到头了。她结婚那年，大正天皇去世，短暂的“大正德谟克拉西”时代结束；黑暗的军国主义要来临日本了。以反对国家音乐教育出发的自由主义童谣运动，始终得不到官方的认可，上不了国定教科书，时代环境变化以后，只能迅速衰退了。三〇年代后，西条八十都放弃写童谣，翻身为民谣、流行歌曲，甚至军歌的填词人。一九三六年，童谣运动的大本营《赤鸟》杂志停刊。但是，歌曲的生命力非常强。《红鞋子》《春天，快来》《七个孩子》《摇篮歌》《蓝眼娃娃》《红蜻蜓》《肥皂泡》《月光沙漠》《玩具进行曲》等等好多首当年的童谣，至今大部分日本人都熟悉能唱。

至于美铃的作品，隔了半世纪的冬眠，复活以后获得了永恒的生命。不仅作为文学作品受到跨世代读者的热烈支持，而且进入了二十一世纪后，有人为她写曲。二〇〇六年十二月和二〇〇七年一月，在NHK电视台的《大家之歌》节目里，每天好几次向日本全国播放了真正成了童谣的美铃代表作《我和小鸟和铃铛》。

Oh no!
从列侬太太的姓氏说起

为了跟“小野（Ono）”分别开来，
如今“大野”可以把自己的姓氏写为“Ohno”。
真的是Oh no!了……

收到《万象》杂志第八十九期，看到拙作《银座（二）》正文和图片说明里，约翰·列侬太太的姓名，从本人写的“小野洋子”果然演变成“大野洋子”了，难免感到稍微惊讶。不过，追寻记忆，同样的事情以前也在我身上发生过：十多年前写给香港报纸的文章里讲到“小野洋子”时候，也被好心的编辑改为“大野洋子”的。看来，英文的Yoko Ono，中文世界里的固定汉字书写法，已经很长时间是“大野洋子”。不过，这毕竟还是误会，本人希望能藉此机会纠正一下。

小野洋子一九三三年出生于日本东京。父亲是小野英辅（前东京银行常务董事），祖父是小野英二郎（日本兴业银行第四任总裁），据说祖先是十七世纪丰臣秀吉部下的名武将，“日本七枪”之一小野镇幸。小野家名人可多，其中有洋子的伯父小野俊一（俄罗斯文学家）之夫人小野安娜（俄国出身的小提琴演奏家）等。母系家谱也一样可观。洋子母亲小野矶子是安田财阀创始人安田善次郎的孙女，也是贵族院议员安田善三郎的女儿。出身于社会高层，洋子从小读当年专门负责贵族子弟教育的学习院；一九五二年上学习院大学时，在同期学生当中就有皇太子，即现在的天皇明仁；翌年随父亲赴美国在纽约定居后，她才开始常用Yoko Ono这英文名字的。

她家姓氏“小野”按照读音用拉丁字母拼写便是“Ono”。这跟另一种日本姓氏的读音相当接近。那就是“Ôno（O字上面有长音符号）”即“大野”。两者的区别只在于第一个韵母的长短而已：短音的“Ono”为“小野”，长音的“Ôno”则为“大野”。

光是这一点，恐怕有些外国朋友觉得不容易理解。“小野”和“大野”怎么会是几乎同音呢？然而，在日语里面，这样的例子可不少。例如：笔者的姓氏“新井”，日语读音是“Arai”，这跟另一个日本姓氏的读音／拼写法是完全一致的；那竟然是“荒井”。也就是说，“新井”和“荒井”两个姓氏，听起来一点分别都没有。所以每次在电话上说明姓氏时候都得说：“姓Arai，是新旧的新，而不是荒凉的荒。”多么荒诞！

言归正传。“小野”和“大野”的读音本来就非常接近，但是有韵母长短上的不同，由母语使用者听来容易分别。后来却发生了人为的因素使情况彻底混乱。那就是不同的拉丁字母拼写法所造成的困惑。

日本所谓的“罗马字”，即拉丁字母拼写法，广泛普及的历来有两套。最初普及的一套叫做“黑本式罗马字”，乃十九世纪中来日本的美国长老会传教士James Curtis Hepburn创始的。他是苏格兰血统的眼科医生，跟二十世纪的银幕佳人凯瑟琳·赫本是同一家人；从前的日本人不能发出他姓氏中的促音来，干脆叫他“黑本先生”。他在日本一边从事医疗活动，一边从事文化教育活动，创办了明治学院，也在一八六七年编写了历史上头一部日英·英日词典《和英语林集成》，在上海印刷出版。在这本词典里，他使用的拉丁字母拼写法，后来被称为“黑本式罗马字”，在日本至今被广泛使用。

外国人定的拉丁字母拼写法，由母语使用者看来，自有很多不合理不方便之处；情况类似于汉语的韦氏音标。而且“黑本式罗马字”之发音规则，依靠英语的程度也特别高。于是一八八五年，音韵学者田中馆爱橘发表了“日本式罗马字”。“黑本式”和“日本式”，比较起来各有长处和短处。一九三七年日本政府发布的“训令式罗马字”乃两个方案加以折衷而订出的。此后，政府透过义务教育制度努力推广“训令式”。至今日本全国每一个小学四年级儿童都必须学的是“训令式罗马字”，而不是在社会上通用的“黑本式”。

“训令式罗马字”很难甩掉国粹主义的味道，因而不受知识阶层的青睐，包括政府高层内的国际派。尤其是第二次世界大战后，日本被美军占领七年，统治者自然用起发音上接近英语的“黑本式”来。国家恢复独立以后，在政府外务省内，留美学英语的官僚向来占主流地位。他们对“黑本式”有亲切感，嫌“训令式”跟英语拼写法的常规有太多出入。

可能就是这么个原因，日本人申请护照的时候，必须用“黑本式罗马字”来拼写姓名；如果用学校教的“训令式”写，外务省则拒绝办理。例如：好学生夏目漱石在学校学好了自己的姓名是Natume Sôseki，但是申请护照的时候，他非把姓氏写成Natsume不可，否则不让出国。

同样是中央政府的机关，文部科学省和外务省采用的拉丁字母拼写法就是不一样。国土交通省管辖的路标也用“黑本式”。如今计算机打字多数人用根据“黑本式”的日文转换系统。总的来说，在日本的日常生活中，“黑本式”完全压倒“训令式”。只有可怜的学童们仍然被迫学几乎无用的“训令式”。岂不是教育官僚的形式主义害着无辜的儿童了？

但是，“外务省式罗马字”也跟原来的“黑本式”在重要的地方有根本性的不同。那就是“外务省式”没有长音符号。相比之下，之前的“黑本式”“日本式”“训令式”都具备了长音符号。

具体而言，按照“外务省式罗马字”，短音的“O”和长音的“Ô”都是“O”，两者之间不加以区别。我们的夏目漱石同学也得把自己的名字从Sôseki改为Soseki。

这么一来，姓“大野”的人申请护照时候写“Ôno”也遭外务官僚的否决，一定得改写“Ono”了。光看护照上用拉丁字母写的姓氏，“大野”和“小野”都是“Ono”，完全一样。根据护照去申请的正式文件如外国居留证或信用卡上，两者之间也没有分别。所以呢，外国朋友在英文刊物上看到Yoko Ono的名字，不知道到底是“小野洋子”还是“大野洋子”，也无法确认，其实是情有可原的，全归咎于日本外务省。

为了“外务省式罗马字”最感头疼的，当然是包括“大野（Ôno）”和“漱石（Sôseki）”在内，姓名当中有长音韵母的人。太多国民提出了抗议，使得外务省最后非做出让步不可：自从二〇〇〇年起，允许姓名中有长音韵母者，在“O”字后面加个“h”而使其变成“Oh”了（但是仍然不允许使用长音符号）。也就是，把“Sôseki”写成“Sohseki”。为了跟“小野（Ono）”分别开来，如今“大野”可以把自己的姓氏写为“Ohno”。真的是Oh no!了。

至于外务省为何如此顽固地拒绝采用长音符号，据我所知，没有公开而明确的理由。有人说，很多西方人不能分别韵母的长短，所以去掉了长音符号显得更加西方化，因而符合洋派外务官僚的口味。也有人说，其实原因挺简单，也完全是技术性的：当年外务省的打字机不能在护照书页上的“O”字上面打出个长音符号来，于是懒惰的官僚与其去更换打字机，干脆发条命令取消了国民姓名里原有的韵母长音。Oh no!

图书在版编目(CIP)数据

我这一代东京人/(日)新井一二三著．— 上海：
上海译文出版社，2011.4（2020.4 重印）
ISBN 978-7-5327-5325-3

Ⅰ．①我… Ⅱ．①新… Ⅲ．①散文—作品集—日本—
现代Ⅳ．I313.65

中国版本图书馆 CIP 数据核字(2011)第 007444 号

Copyright© 新井一二三 2007
All rights reserved
本书简体中文版由台湾大田出版有限公司授权

图字：09-2010-337 号

我这一代东京人

[日]新井一二三 著
责任编辑 / 刘宇婷　　装帧设计 / 邵旻

上海译文出版社有限公司出版、发行
网址：www.yiwen.com.cn
200001 上海福建中路 193 号
杭州宏雅印刷有限公司印刷

开本 787×1092　1/32　印张 5.75　插页 5　字数 65,000
2011年4月第1版　　2020 年4月第4次印刷
印数：17,001-19,000 册

ISBN 978-7-5327-5325-3/I・3078
定价：38.00 元

本书中文简体字专有出版权归本社独家所有，非经本社同意不得转载、摘编或复制
本书如有严重质量问题，请与承印厂质量科联系。T:0571-88855633